LE VOLUME DU TEMPS

I

Solvej Balle a été découverte par la critique dans les années 1990. Elle disparaît ensuite de la vie littéraire pendant une vingtaine d'années afin de travailler à une série en sept tomes, *Le Volume du temps*, sur l'île de Ærø, où elle réside encore aujourd'hui. Dès la publication du premier livre, cette série devient culte parmi les libraires, les critiques et les lecteurs danois. Récompensé par le très prestigieux Grand Prix de littérature du Conseil nordique en 2022, en cours de traduction dans plus de vingt langues, *Le Volume du temps* est en train de conquérir le monde entier.

Paru au Livre de Poche :

LE VOLUME DU TEMPS, t. II

SOLVEJ BALLE

Le Volume du temps

I

ROMAN TRADUIT DU DANOIS PAR TERJE SINDING

GRASSET

Titre original :

OM UDREGNING AF RUMFANG, I.
Publié par Pelagraf en 2020.

ISBN : 978-2-253-25140-8 – 1re publication LGF

121

Il y a quelqu'un dans la maison. On s'en aperçoit quand la personne bouge dans la chambre du haut. Quand elle quitte le lit. Quand elle descend l'escalier et va dans la cuisine. En remplissant la bouilloire, elle fait gargouiller les canalisations. Puis il y a le choc de la bouilloire contre la cuisinière et le petit déclic de l'allume-gaz. Et un silence, en attendant que l'eau arrive à ébullition. Silence rompu par un froissement de papier suivi d'un léger grésillement : la personne ouvre un sachet, jette une première, puis une deuxième cuillerée de thé dans la théière et y verse de l'eau bouillante. Mais cela n'est audible que dans la cuisine. En revanche, quand la porte du réfrigérateur s'ouvre, je m'en aperçois parfaitement, car elle heurte un coin de la table. Pendant que le thé infuse, le silence retombe. Au bout d'un moment, j'entends la personne aller chercher une tasse et une sous-tasse dans le placard. Je devine seulement qu'elle remplit la tasse, mais ses pas résonnent lorsqu'elle l'emporte dans le séjour. La personne s'appelle Thomas Selter. La maison est une construction en pierre d'un étage, située à la périphérie de la ville de Clairon-sous-Bois, dans le nord de la France. Au fond, il y a une pièce donnant sur le jardin et la pile de bois. On n'y entre jamais.

Nous sommes le dix-huit novembre. Je me suis habituée à l'idée. Je me suis habituée aux bruits, à la lumière grise du matin, à la pluie qui va bientôt tomber sur le jardin. Je me suis habituée aux pas, aux portes qu'on ouvre et referme. J'entends Thomas quitter le séjour, retourner dans la cuisine et poser sa tasse sur la table. Tout à l'heure je l'entendrai sortir dans le couloir, décrocher son manteau, faire tomber son parapluie et le ramasser.

Quand Thomas sort dans l'humidité de novembre, la maison redevient silencieuse. Seuls persistent le murmure de la pluie et mes propres bruits. Le crayon qui gratte le papier. Le raclement quand je recule ma chaise. Mes pas sur le parquet. Le petit grincement quand j'ouvre la porte.

Pendant l'absence de Thomas, je m'aventure dans le reste de la maison. Je vais aux toilettes, fais des provisions d'eau dans la cuisine et me dépêche de retourner dans la pièce du fond. Je referme la porte et m'assieds sur le lit, ou sur une chaise dans le coin. Ainsi, on ne me voit pas du jardin.

Quand Thomas revient avec ses deux sacs de courses, les bruits recommencent. Il tourne la clé dans la serrure, essuie ses pieds sur le paillasson, laisse tomber les sacs dans un léger bruissement de plastique. Il ferme son parapluie, l'abandonne sur une chaise et suspend son manteau à une patère. Le bruissement reprend quand il soulève les sacs et les transporte dans la cuisine. Il met le fromage au réfrigérateur, range les deux boîtes de tomates dans le placard et pose la tablette de chocolat sur le plan de travail. Puis il froisse les sacs vides et les glisse sous l'évier, où ils continuent de bruire tout seuls.

Dans la journée, je l'entends s'activer. Il y a le raclement de son fauteuil de bureau, le ronronnement de l'imprimante, ses pas dans l'escalier et le choc sourd quand il dépose ses paquets et son courrier dans l'entrée. En remontant l'escalier, il frôle le mur de sa main ou de sa manche. Puis il va dans la salle de bains, et je reconnais le bruit d'une personne qui pisse debout.

Au bout d'un moment, il descend à nouveau, va dans le séjour et s'assied dans un fauteuil devant la fenêtre qui donne sur la rue. Il occupe son attente en lisant ou en contemplant la pluie de novembre.

C'est moi qu'il attend. Je m'appelle Tara Selter. Je suis assise dans la pièce du fond. Celle qui donne sur le jardin et la pile de bois. Nous sommes le dix-huit novembre. Chaque soir, à mon coucher, nous sommes le dix-huit novembre ; chaque matin, à mon réveil, nous sommes le dix-huit novembre. Je n'espère plus me réveiller le dix-neuf, et je ne me souviens plus du dix-sept comme si c'était hier.

J'ouvre la fenêtre et répands du pain pour les oiseaux qui ne vont pas tarder à se poser dans le jardin. Ils arrivent dès que la pluie s'interrompt. D'abord les merles, qui s'attaquent aux derniers fruits du pommier et picorent le pain que je viens de leur jeter. Puis un rouge-gorge solitaire, et une mésange à longue queue suivie de quelques mésanges charbonnières que les merles s'empressent de chasser. Au bout d'un moment, l'averse reprend. Les merles continuent à manger, mais se réfugient dans la haie dès que la pluie commence à tomber dru.

Thomas a fait du feu dans la cheminée du séjour. Il est allé chercher du bois dans la remise, et je sens la maison se réchauffer peu à peu. Maintenant qu'il est en train de lire, le silence est retombé et je n'entends plus que mon crayon sur le papier. Un chuchotis que la pluie aura vite fait d'étouffer.

J'ai compté les jours. Si je ne me suis pas trompée, c'est aujourd'hui le dix-huit novembre # 121. Je suis attentive aux jours. Je suis attentive à ce qui résonne dans la maison. Quand tout est silencieux, je ne fais rien. Je me repose sur le lit, ou je me plonge dans un livre, mais je ne fais aucun bruit. Ou presque. Je respire. Je me lève, je marche sur la pointe des pieds. Je me laisse porter par ce que j'entends. Je m'assieds sur le lit ou tire doucement ma chaise pour m'installer à la table devant la fenêtre.

Au milieu de l'après-midi, Thomas écoute de la musique. Il va d'abord dans la cuisine et pose la bouilloire sur la cuisinière, puis je l'entends retourner dans le séjour pour mettre un disque. Je sais alors que le temps va bientôt s'arranger. Les nuages vont se déchirer, il y aura même un rayon de soleil.

Dès que la musique s'élève, je me prépare à sortir. J'enfile mon manteau et mes bottes et j'attends. Au bout d'un moment, la musique résonne assez fort pour que je puisse quitter la maison sans me faire remarquer. Les notes venant du séjour masquent le bruit de mes pas et le grincement des portes.

Je quitte la maison par la porte du jardin. Mon sac en bandoulière, j'ouvre discrètement la porte du couloir et la referme derrière moi. Sur le sol de l'entrée je vois trois enveloppes de taille moyenne et quatre pochettes en carton marron où figurent nos noms : T. & T. Selter. C'est nous. Marchands de livres anciens, spécialisés dans les ouvrages illustrés du XVIIIe siècle. Des ouvrages que nous achetons dans les ventes, à des collectionneurs ou à d'autres libraires, et expédions à nos clients dans des pochettes en carton marron sur lesquelles figurent nos noms. Je contourne silencieusement les pochettes, ouvre la porte et sors. Je n'ai pas besoin de parapluie. Il tombe encore quelques gouttes, mais l'averse est presque terminée. Au lieu de prendre l'allée menant au portail, je tourne à gauche, longe la maison, passe devant la remise et continue jusqu'à une partie du jardin qu'on n'aperçoit pas du séjour. À l'extrémité des rangées de poireaux et de blettes il y a une ouverture dans la haie. Je m'y faufile et me retourne brièvement. Je vois la fumée s'élever de la cheminée, et la musique me parvient encore, mais très atténuée. Je marche plus vite, et au bout de quelques mètres je n'entends plus ni la musique ni la pluie, car la pluie a cessé et la musique s'est estompée. Seuls résonnent le bruit de mes pas, celui des rares voitures et les voix d'enfants provenant d'une école située plus loin.

Voyant que la pluie s'est arrêtée, Thomas coupe la musique, enfile son manteau, ramasse les pochettes et les enveloppes et quitte la maison. Il est exactement quinze heures vingt-quatre. Il s'en va avec ses lettres et ses paquets. T. & T. Selter. C'est nous. Mais le temps nous sépare. Profitant d'une éclaircie, nous sommes sortis, nous prenons les petites rues pour aller au centre-ville, puis nous retournons à la maison, mais par des trajets différents. Thomas ne s'attend pas à me croiser et ne me croise pas, car mes chemins ne sont pas les siens. À son retour, je suis de nouveau assise dans la pièce donnant sur le jardin.

Si j'ai besoin de quelque chose, je fais des courses dans un petit supermarché quelques rues plus loin. Je prends mon temps et fais un détour pour rentrer. Je franchis le portail et emprunte l'allée jusqu'à la porte de derrière. La maison est silencieuse. La pluie a cessé et Thomas est parti au centre-ville. Quand il aura déposé ses paquets, le soleil aura percé les nuages. Thomas traversera la forêt, descendra jusqu'au fleuve et ne reviendra qu'en fin d'après-midi, quand la pluie aura repris, car personne ne l'attend à la maison et il n'a rien de spécial à faire.

En rentrant, je transporte mes achats dans la pièce du fond. Je suspends mon manteau au dos de la chaise, enlève mes bottes et vais dans la cuisine. Une tasse traîne dans l'évier et la bouilloire est encore tiède. Je suis les traces de Thomas à travers la maison. Je monte l'escalier et pénètre dans le bureau. Des papiers sont éparpillés sur la table. Des livres s'y empilent, s'alignent sur les rayonnages, s'entassent dans des cartons posés au sol. Un des cartons est ouvert ; en y cherchant quelque chose, Thomas a oublié de le refermer. Dans la chambre attenante au bureau, le lit est défait, comme si on venait de se lever. Un seul côté a été occupé.

Je dispose d'une heure et demie avant le retour de Thomas. C'est assez pour prendre un bain, laver un peu de linge dans le lavabo, chercher un livre sur les rayonnages et m'asseoir dans un des fauteuils tournés vers la rue.

Quand je m'installe dans le séjour, je lis ou écoute de la musique jusqu'à la tombée de la nuit. Mais aujourd'hui je reste dans la pièce donnant sur le jardin et la pile de bois. J'ai entendu Thomas décrocher son manteau et quitter la maison, j'ai ouvert la porte du couloir, j'ai vu que les lettres et les paquets avaient disparu et je me suis assise à la table devant la fenêtre. Nous sommes le dix-huit novembre. Je commence à m'habituer à l'idée.

Le dix-sept novembre au matin, j'ai dit au revoir à Thomas. Il était huit heures moins le quart, un taxi m'attendait dans la rue et j'ai pu attraper le train de huit heures dix-sept. Je me rendais à Bordeaux, à la vente annuelle d'ouvrages illustrés du XVIIIe siècle. Il faisait gris et l'air était humide, mais il ne pleuvait pas.

Je suis descendue à la gare de Lille-Flandres, puis j'ai marché jusqu'à Lille-Europe et pris le train de Paris, où j'avais une correspondance pour Bordeaux. J'y suis arrivée peu avant deux heures. Il y avait des travaux devant la gare, les rues étaient barrées, c'était un véritable labyrinthe. J'étais perdue, mais j'ai fini par trouver mon chemin jusqu'au parc des expositions. Quelques minutes plus tard je me suis enregistrée, on m'a donné le catalogue et remis un badge marqué *7e Salon des Lumières*, où figurait mon nom et celui de notre firme. *T. & T. Selter.*

La vente d'ouvrages illustrés devait commencer à trois heures, et j'étais très en avance. Deux ventes avaient déjà eu lieu, et j'ai vu dans le catalogue que des conférences et débats étaient également prévus cette année. Je n'avais nulle intention d'y assister.

J'ai hésité quelques secondes. Plongée dans cette ambiance de kermesse, je me sentais de nouveau perdue. Entre les portes fermées et les gobelets de café abandonnés, j'ai cependant découvert les flèches conduisant à la salle des ventes et au hall adjacent, où de nombreux libraires d'ancien exposaient leurs ouvrages scientifiques illustrés. J'avais déjà une idée assez précise de ceux sur lesquels je voulais enchérir. Je les ai examinés, puis j'ai fait le tour du hall en saluant plusieurs confrères que je connaissais. Peu avant trois heures, je me suis installée dans la salle des ventes, qui se remplissait à mesure que la salle de conférences se vidait.

J'ai pu acquérir douze livres. Cinq pour lesquels nous avions déjà des demandes, et sept autres qui, à mon avis, trouveraient facilement preneur. Notre fonds est essentiellement composé d'ouvrages peu chers, que nous proposons à des collectionneurs très divers. La plupart sont européens, mais nous avons aussi des clients sur d'autres continents. D'habitude, c'est moi qui me rends dans les ventes ou chez nos confrères. Thomas se consacre essentiellement à l'établissement des catalogues et à l'expédition des livres. Au début, nous partagions les tâches, mais nous avons fini par les répartir entre nous. Pourquoi est-ce moi qui me charge des déplacements ? Sans doute parce qu'il ne me déplaît pas de voyager. Et aussi parce que j'ai développé un certain flair. J'ai appris à reconnaître un papier de qualité, une belle typographie, une reliure soignée. Je le ressens presque physiquement, comme les chenilles sachant d'instinct si telle feuille mérite d'être arpentée. Ou comme certains oiseaux capables de détecter à l'oreille les mouvements d'insectes sur l'écorce d'un arbre. C'est parfois un détail – le froissement du papier, l'uniformité de la casse, le creux de l'impression, la saturation des couleurs, la précision des planches, la dorure de la tranche – qui me pousse à enchérir. J'ai beau savoir à l'avance quels sont les ouvrages qui m'intéressent, ce n'est qu'en les tenant entre les mains que je prends ma décision.

Après la vente, je suis retournée dans le hall d'exposition. J'ai payé les livres que j'avais fait mettre de côté et découvert six ouvrages que je cherchais depuis longtemps. Ainsi que deux ou trois que je ne connaissais pas. En général, je fais envoyer les livres les plus lourds et les plus coûteux à Clairon-sous-Bois, mais j'en emporte parfois certains dans mon sac. Cette fois-ci, je suis partie avec une encyclopédie de poche sur les chants d'oiseaux classés selon leur tonalité, une réimpression du traité d'anatomie des animaux de Harcard et un bel exemplaire du célèbre *Atlas des araignées* de Boisot, qu'un de nos fidèles clients voulait offrir à une amie.

En fin de journée, j'ai repris le train pour Paris. Il était déjà tard quand je suis arrivée à l'Hôtel du Lison, où nous avons l'habitude de descendre. Il est situé au coin de la rue Almageste, où sont installés la plupart des libraires d'ancien avec qui nous sommes en affaires. C'est là également que notre cher ami Philip Maurel a ouvert sa boutique de numismatique. Pendant les deux jours suivants j'avais l'intention de faire d'autres achats, d'aller voir Philip et de passer à la Bibliothèque 18, de Clichy, où j'avais rendez-vous le dix-neuf avec une chercheuse du nom de Nami Charet. Cette scientifique venait de repérer des variantes encore inconnues dans les techniques d'impression du XVIIIe siècle. Sa découverte permettrait notamment de dater avec plus de précision les illustrations de la fin de cette période et d'expliquer certaines incohérences entre la datation des planches et celle des ouvrages.

En arrivant à l'hôtel, j'ai téléphoné à Thomas. Nous n'avons pas été longs ; je lui ai parlé de mes trouvailles et lui ai demandé s'il avait d'autres ouvrages à me suggérer pour mes emplettes du lendemain. Il avait en tête quelques livres qui lui paraissaient intéressants et en avait déjà fait mettre de côté quelques-uns chez deux confrères de la rue Renart, une rue perpendiculaire à la rue Almageste. Il m'a demandé d'y jeter un coup d'œil et de les acheter s'ils étaient en bon état. J'en ai noté les titres et lui ai promis de m'en occuper dès le lendemain. Avant de nous souhaiter bonne nuit deux ou trois fois, nous avons encore parlé de la vente et évoqué le temps gris de novembre, me semble-t-il.

Nous nous efforçons d'éviter les longues conversations téléphoniques. Autrement, nous nous éterniserions en parlant de l'état des livres, de leur date de parution, de leurs illustrations et de leur mise à prix. Il nous semble aussi que les discussions au téléphone augmentent encore la distance entre nous. Dès que nous abandonnons les sujets terre à terre et les considérations pratiques, la conversation devient un simple lien sonore, un sourd murmure amoureux. Après des débuts intelligibles et cohérents, elle n'est plus qu'un échange de séquences diffuses. Les phrases et les informations cèdent la place à de petits mots tendres, à des bruits censés confirmer le lien qui nous unit. Or, ils ne font qu'accentuer notre éloignement. Non seulement nous avons fini par nous répartir les tâches, mais nous avons également appris à nous en tenir aux discussions d'ordre pratique, en évitant tout bavardage inutile.

J'ai oublié les détails de notre conversation. D'après Thomas, qui se souvient du dix-sept novembre comme si c'était hier, j'aurais parlé avec enthousiasme de mes trouvailles. J'aurais également émis l'idée d'étendre nos activités au commerce des planches et gravures scientifiques. Nous avons certainement évoqué les problèmes que poserait l'expédition de tels objets, dont la tâche reviendrait à Thomas. Cela vaudrait le coup d'y réfléchir, aurais-je dit. Thomas se serait montré plus sceptique.

Le reste, je ne m'en souviens plus, mais je sais qu'après avoir raccroché j'ai pris un bain. Ensuite je me suis assise sur le lit pour jeter un coup d'œil sur ma liste de livres. Comme j'étais fatiguée par le voyage, je me suis déshabillée, j'ai mis le réveil de mon téléphone et je me suis couchée.

En fin de compte, je me demande si c'est une bonne idée pour T. & T. Selter de se lancer dans le commerce des planches et gravures scientifiques. Je sais en revanche que de telles considérations n'ont plus de sens. Je sais aussi qu'à cette heure Thomas a déposé ses paquets au bureau de poste, qu'il vient de traverser la forêt, de descendre jusqu'au fleuve et de passer devant l'ancien moulin. Et qu'il sera bientôt de retour.

Je surveille les nuages de pluie. Grâce à eux, je vois le temps passer. La lumière disparaît, le ciel change de couleur, devient gris-noir. Dans le séjour il ne fera bientôt plus assez clair pour lire, et je m'apprête à me retirer dans la chambre d'amis. J'écoute la pluie ; quand elle redouble d'intensité, je sais que Thomas ne va pas tarder. Je me lève du fauteuil, vais dans la cuisine, rince ma tasse sous le robinet, l'essuie soigneusement avec un torchon et la range dans le placard. Puis je retourne dans la pièce du fond. En général, je pense à allumer le radiateur en quittant le séjour. À son retour, Thomas sera trempé, et les braises de la cheminée ont refroidi depuis longtemps.

Aujourd'hui, je ne suis pas dans le séjour. Je suis restée dans la chambre d'amis. Les nuages s'assombrissent, et je regarde le pommier du jardin. Quelques fruits gisent dans l'herbe, une légère brise a séché les feuilles que la pluie va bientôt mouiller à nouveau. Je vois les oiseaux sautiller dans la lumière défaillante. Ils savent que la pluie va reprendre, mais tardent à se réfugier dans la haie.

Je guette l'arrivée de Thomas. Pendant que je scrute la rue, l'obscurité tombe. Sur mon papier, les lettres deviennent floues. J'ai fermé la porte et me suis éloignée de la fenêtre. En attendant le retour de Thomas, j'ai l'habitude de m'asseoir sur le lit. Je sais qu'une première ombre – celle de notre voisin – va bientôt apparaître. Celle de Thomas, se hâtant sous la pluie, la suivra de peu. C'est le seul moment où je le vois. Une ombre mouillée longeant la clôture. Le reste du temps il n'est qu'une succession de bruits dans la maison.

Quand Thomas n'est plus que de simples sons, j'allume enfin la lumière. Je l'entends remonter l'allée du jardin, tourner la clé dans la serrure et essuyer ses pieds sur le paillasson. Après le léger déclic de l'interrupteur, je vois la lumière du couloir s'infiltrer sous la porte de la chambre, et je peux allumer la lampe de bureau sans qu'on s'en aperçoive : la lumière remplit la pièce et s'échappe dans le couloir, où elle se dilue jusqu'à devenir invisible.

Je suis retournée m'asseoir à la table devant la fenêtre. Bientôt j'entendrai de nouveau les pas de Thomas dans l'escalier, puis dans l'entrée. Il ira dans la cuisine, sortira dans le couloir, ouvrira la porte pour aller chercher des poireaux dans le potager et des oignons dans la remise. Après avoir enfilé ses bottes en caoutchouc, il longera la maison, et je n'entendrai plus rien jusqu'à ce qu'il revienne avec ses légumes. Il les coupera en morceaux et posera une marmite sur la cuisinière. Quand sa soupe sera prête, il y aura le raclement de sa chaise sur le sol de la cuisine, suivi un peu plus tard par le gargouillement des canalisations quand il lavera son assiette et la rangera dans le placard. Ensuite, il s'assiéra dans le séjour et se plongera dans *Lucid Investigations*, de Jocelyn Miron. Quand il éteindra la lumière et remontera l'escalier, il sera presque minuit. Mais, pour l'instant, la soirée vient seulement de commencer, et Thomas est encore dans la chambre, en train de se changer. Quant à moi, j'essaie de me ressouvenir d'une longue série de journées de novembre qui commencent à se confondre dans mon esprit. J'en ai cent vingt et une à me remémorer. Si j'en suis capable.

Au départ, le dix-huit novembre n'avait rien de particulier. Je me suis réveillée dans ma chambre d'hôtel vers sept heures et demie. Une demi-heure plus tard, je suis descendue prendre mon petit déjeuner. Au cours de la journée je suis allée dans plusieurs librairies d'ancien du quartier de la rue Almageste, puis je suis passée à la boutique de Philip Maurel, au numéro 31. La nouvelle assistante de Philip, que je ne connaissais pas encore, m'a dit qu'il serait de retour aux alentours de cinq heures. Chez les libraires avec qui nous travaillons, j'ai déniché plusieurs ouvrages figurant sur ma liste. Dans la rue Renart j'ai examiné un exemplaire de l'*Histoire des eaux potables* que Thomas avait remarqué sur un catalogue. Un de nos clients était à la recherche de ce livre depuis longtemps. L'exemplaire était en assez bon état, et je l'ai tout de suite acheté. Je l'ai glissé dans mon sac ; ainsi je l'emporterais dès le lendemain à Clairon-sous-Bois, et Thomas pourrait enfin satisfaire notre client impatient. Chez le même libraire j'ai découvert deux ou trois autres volumes que j'ai fait expédier à Clairon. Dans une librairie voisine, j'ai trouvé un exemplaire de *The Heavenly Bodies* de Thornton. Il était en parfait état et contenait deux planches ne figurant que dans cette édition de 1767, parue en deux tirages limités.

Peu avant cinq heures, je suis retournée à la boutique de Philip Maurel. Je n'avais pas vu Philip depuis un certain temps – six mois peut-être, ou même plus. Assis au grand bureau faisant office de comptoir, nous avons longuement conversé, interrompus seulement par quelques coups de téléphone et l'arrivée d'un client ou deux. Je lui ai décrit notre maison à Clairon-sous-Bois, où nous avions emménagé deux ans plus tôt, mais où il n'était pas encore venu nous rendre visite. Je lui ai parlé de notre amour, du pommier de notre jardin, des poireaux et des blettes du potager, des inondations de l'automne, du fleuve qui débordait à intervalles réguliers, de notre commerce qui nous permettait désormais de vivre, de la demande grandissante pour les ouvrages illustrés du XVIIIe siècle, de la vente de Bordeaux et de mes dernières trouvailles. Philip m'a raconté sa vie rue Almageste avec sa nouvelle compagne, Marie, que j'avais rencontrée plus tôt dans la journée, et nous avons discuté des troubles politiques de l'automne et de l'intérêt croissant pour les objets plus ou moins rares du passé. Intérêt qu'il avait également pu constater.

Philip fait essentiellement commerce de pièces de monnaie de l'Empire romain. Quand il avait ouvert sa boutique, son activité avait fait la risée de la plupart de ses amis. Depuis quelques années, elle s'avère pourtant tout à fait lucrative. Philip m'a raconté avec émerveillement qu'il était souvent invité chez un de ses clients, où il se retrouvait au centre d'un groupe de numismates passionnés, composé non seulement de messieurs d'un certain âge, mais également de jeunes gens des deux sexes, avides d'en apprendre davantage sur les décrets monétaires impériaux, les techniques de frappe ou les découvertes plus ou moins suspectes de pièces de monnaie en Biélorussie. Il m'a parlé d'amateurs entraînant leurs invités à travers d'immenses appartements parisiens pour leur montrer une collection de monnaies qui, loin de leur paraître saugrenue, les remplissait d'enthousiasme, à tel point qu'ils sortaient de puissantes loupes pour examiner les dernières acquisitions de leur hôte. Philip m'a avoué être assez surpris par l'intérêt que rencontrait sa passion discrète. Les petits emblèmes métalliques d'un passé lointain faisaient manifestement l'objet d'un début de vénération. Il ne s'agissait pas encore d'une véritable vague, mais l'engouement était bien là.

Nous nous sommes interrogés sur ce goût pour les vestiges du passé. En montrant à Philip mon exemplaire de l'*Histoire des eaux potables,* je lui ai parlé des recherches obstinées de notre client. Qu'est-ce qui pouvait amener un homme à désirer un tel livre ? Qui s'intéresserait à un traité vieux de deux siècles portant sur un sujet aussi abscons ? Seulement un collectionneur, bien sûr. Mais dans quel genre de collection cet ouvrage trouverait-il sa place ? Je ne connaissais que le nom et l'adresse de notre client, ainsi que le timbre de sa voix, puisqu'il m'avait téléphoné pour la troisième fois quelques semaines plus tôt au sujet de sa commande. Dans mon esprit, il s'agissait forcément d'un homme entre deux âges. Je savais qu'il nous avait déjà acheté deux ou trois livres, mais je ne me rappelais plus lesquels.

Je me souviens que nous avons évoqué avec un brin d'ironie cet intérêt grandissant pour les objets précieux du passé. Bien qu'étant nous-mêmes atteints par une forme de nostalgie ou de fascination pour l'Histoire, nous étions légèrement étonnés par l'ampleur du phénomène. À l'heure de découvrir que nous partagions une passion si singulière avec un nombre croissant de personnes, nous éprouvions sans doute le besoin de nous en excuser. Au moins, nous avions pu en faire notre gagne-pain. C'était notre travail, et non pas un simple loisir. Ou une lubie dans l'air du temps. Nous étions à la tête des firmes T. & T. Selter et Maurel Numismatique, et pensions entretenir des rapports plus pragmatiques avec la nostalgie que la plupart de nos clients.

Heureusement, Marie est venue interrompre notre conversation. Philip a fait les présentations, puis nous avons échangé quelques mots sur le sujet que nous venions d'aborder et évoqué notre rencontre du matin. Marie s'est assise à côté de moi, tandis que Philip allait acheter quelques bouteilles de vin et de quoi manger.

Depuis plusieurs jours, la température était en baisse. Il avait plu dans la matinée, le temps était resté couvert malgré quelques éclaircies et il commençait à faire froid dans la boutique. Dans l'arrière-boutique, où Philip avait aménagé une petite cuisine et vécu pendant quelques années, il y avait un vieux radiateur à gaz. Nous avons décidé de l'allumer. Marie en a épousseté le dessus, puis nous avons joint nos efforts pour faire entrer la grosse bonbonne bleue à l'intérieur de l'appareil, que nous avons transbahuté jusqu'au comptoir. Dans un tiroir de la cuisine, nous avons déniché une boîte d'allumettes, et il faisait déjà chaud quand Philip est revenu. Nous avons bu, mangé et bavardé jusqu'à tard dans la soirée.

Je me souviens de mon plaisir à me retrouver en compagnie de Philip et Marie. Leur entente était visible. Leur complicité n'excluait pas les autres ; contrairement à tant de couples amoureux, ils n'avaient pas besoin de confirmer sans cesse leurs sentiments par des regards et des gestes. Leur attachement n'avait rien de fragile ; en leur compagnie, on ne se sentait pas de trop, on n'était pas tenté de les laisser seuls pour préserver leur union. Il émanait d'eux un calme qui me rappelait l'époque où je venais de rencontrer Thomas, cinq ans plus tôt. Le sentiment de partager quelque chose d'inexplicable, l'étonnement devant l'existence de l'autre, le plaisir de constater qu'avec lui tout devenait facile : j'étais emportée par un tourbillon, mais j'avais trouvé la paix. Philip et Marie avaient manifestement l'intention de finir leur vie ensemble, et il ne leur restait plus qu'à découvrir ce que leur réservait l'avenir. Dans ce contexte, ma visite avait quelque chose de naturel ; j'étais un élément de leur existence, une consœur et amie, l'épouse d'un homme dont Philip a toujours été proche. Je n'étais pas un obstacle. Je n'étais ni utile ni importune, je ne représentais ni une menace ni un recours. Je ne venais rien acheter et n'avais rien à vendre ; je faisais simplement partie de leur vie.

Si je ne me rappelle plus les détails de notre conversation, je n'ai pas oublié l'ambiance qui régnait dans la boutique. Je contemplais le plateau du large et vieux bureau en chêne où nous étions assis, et qui servait maintenant de comptoir. Je me souviens des nœuds dans le bois, et de la petite collection de monnaies exposée dans des écrins de présentation que nous avions écartés pour poser nos verres et nos assiettes. Je me souviens aussi qu'il faisait chaud, et qu'il m'est arrivé une mésaventure avec le radiateur à gaz. C'était après le repas. Philip avait emporté nos assiettes dans l'arrière-boutique et s'apprêtait à ouvrir une autre bouteille de vin. J'avais reculé ma chaise, la chaleur m'incommodait et je me suis levée. J'ai dû faire une remarque, suggérer de déplacer l'appareil. Marie s'est proposé de m'aider, mais j'y avais déjà posé la main.

Bien entendu, il était brûlant. J'ai tout de suite ressenti une douleur intense, et j'ai poussé un cri – sûrement un juron. J'étais incapable de bouger, tellement j'avais mal, mais Marie est accourue et a réussi à écarter le radiateur. Philip m'a immédiatement apporté un bol d'eau glacée, et j'ai passé le reste de la soirée avec une main immergée sans en retirer un véritable soulagement. À part cela, il ne nous est rien arrivé d'insolite.

Je suis retournée à l'hôtel peu avant onze heures, et j'ai tout de suite appelé Thomas. Plongé dans le livre de Jocelyn Miron, il ne s'attendait pas à mon coup de fil. L'ai-je dérangé ? Je n'en sais rien ; peut-être n'était-il pas mécontent d'interrompre sa lecture. Je me rappelle qu'il m'a résumé les principales thèses de l'auteur. Il me semble aussi que nous nous sommes interrogés sur l'étrange sous-titre du livre : *Rises and Falls of Enlightenment Projects.* Je lui ai raconté ma visite chez Philip Maurel et lui ai parlé de Marie et de leur amour manifeste. Après avoir commenté l'intérêt grandissant pour les pièces de monnaie impériales, j'ai mentionné ma mésaventure avec l'appareil de chauffage. Thomas m'a appris qu'il avait plu toute la journée, à l'exception d'une brève accalmie dans l'après-midi. Il était allé poster ses lettres et ses paquets et avait profité d'une apparition du soleil pour passer par la forêt et se promener sur les berges du fleuve. Il était descendu jusqu'à l'ancien moulin. Il avait pensé que la pluie s'était définitivement arrêtée, mais une grosse averse l'avait surpris sur le chemin du retour, et il était rentré complètement trempé. Y avait-il un risque d'inondation ? D'après Thomas, le niveau du fleuve et les prévisions météorologiques laissaient penser que le danger était passé. Je ne me rappelle plus les détails de notre conversation, mais je suis certaine de lui avoir fait un rapport circonstancié sur mes achats, sans omettre le prix des livres et les modalités de leur livraison. Je sais aussi que nous avons évoqué mes projets pour le lendemain, le dix-neuf novembre, où j'avais rendez-vous avec Nami Charet à la Bibliothèque 18.

Je n'ai cessé de me plaindre de la douleur. Nous avons ri de mon inconscience ; ce n'était pas la première fois que je me blessais par inadvertance. D'après Thomas, j'avais tendance à ignorer les rapports de cause à effet. Pour me soulager, il m'a suggéré d'aller chercher des glaçons. Ensuite nous avons dû échanger quelques phrases sans importance. Nous avons constaté que notre conversation était à nouveau en train de se changer en un simple lien sonore, en un murmure amoureux ne faisant qu'accentuer notre éloignement. Je crois avoir promis à Thomas de descendre à la réception pour demander des glaçons. Puis nous nous sommes souhaité bonne nuit deux ou trois fois avant de raccrocher. Ce fut notre dernière conversation avant que le temps ne se détraque.

Je suis restée éveillée pendant un moment ; une demi-heure, peut-être plus. J'avais posé un sac de glaçons sur ma brûlure en entourant ma main d'une serviette. La douleur et le froid m'ont empêchée de m'endormir ; j'avais des fourmillements et n'ai cessé de me tourner et de me retourner dans mon lit. Mais la douleur s'est progressivement estompée – à cause de ma fatigue ou sous l'effet de la glace, je ne sais plus. Quand j'ai fini par trouver le sommeil, ma main était toujours entourée de la serviette, mais les glaçons fondaient déjà. Sur le bureau de ma chambre s'empilaient quelques livres : une encyclopédie des chants d'oiseaux, un atlas des araignées, un guide des corps célestes, une étude historique des eaux potables et un traité consacré à l'anatomie des animaux. Mon téléphone, programmé pour me réveiller à sept heures et demie, était posé sur une chaise à côté de mon lit. Une robe, une veste et une paire de collants pendaient sur le dos de la chaise, et une paire de bottes gisait par terre à côté d'un grand sac à bandoulière contenant une robe supplémentaire, une seconde paire de collants, des sous-vêtements de rechange, un porte-monnaie, un trousseau de clés, une bouteille d'eau presque vide et un parapluie pliant.

Mon sac est toujours posé par terre et les livres s'empilent toujours sur la table à côté de mon lit, mais je ne suis plus à l'hôtel. Je suis chez nous, à

Clairon-sous-Bois, dans la chambre d'amis donnant sur le jardin. La nuit est tombée et nous sommes toujours le dix-huit novembre. Thomas est en train de lire dans le séjour ; dans quelques instants il va éteindre la lumière et vérifier si les portes sont bien fermées. Puis il montera à l'étage, et demain matin, à son réveil, la journée sera effacée de sa mémoire.

Je vis le dix-huit novembre pour la cent vingt et unième fois, mais ma brûlure est encore visible sous l'aspect d'une fine cicatrice. Elle s'est d'abord transformée en une cloque, qui a rapidement commencé à suinter. Puis est apparue une croûte brunâtre qui a fini par tomber, laissant une marque rouge et luisante qui s'estompe au fil des jours. Ma blessure est maintenant indolore. Dans quelques instants, quand j'aurai éteint la lumière, elle sera également invisible.

122

Je m'en aperçois à cause des bruits. C'est la même journée. Encore une fois je me suis réveillée dans la chambre d'amis. Encore une fois Thomas s'est livré à son rituel matinal. Encore une fois j'ai entendu le gargouillement des canalisations, le bruit du réfrigérateur, le choc de la bouilloire contre la cuisinière. Dans un instant, Thomas va sortir. Puis il reviendra avec ses sacs de courses. Pendant son absence, j'irai dans la cuisine chercher un paquet de biscuits ou de biscottes. Je me contenterai de ce que je trouverai, car il ne reste plus grand-chose à manger.

Thomas se prépare à affronter la pluie de novembre. Je devine un léger cliquetis quand il prend ses clés, un frottement de tissu contre le papier peint quand il décroche son manteau.

J'ai compté les jours. C'est mon dix-huit novembre # 122. Je suis désormais très loin du dix-sept, et je ne verrai peut-être jamais le dix-neuf. Mais le dix-huit ne cesse de se reproduire. Et de remplir la maison de bruits. Les bruits d'une personne. Qui se promène de pièce en pièce avant de sortir.

C'est pour cela que j'ai commencé à écrire. Parce que je l'entends dans la maison. Parce que le temps s'est détraqué. Parce qu'il y a une rame de papier sur les étagères. Parce que j'essaie de me souvenir. Parce que le papier garde mes souvenirs. Les phrases ont peut-être le pouvoir de guérir.

Je me suis installée près de la fenêtre, devant une liasse de papiers. On y lit qu'il y a une personne dans la maison, qu'elle va d'une pièce à l'autre. J'ai écrit que la personne attend, que c'est moi qu'elle attend. J'ai écrit que le temps s'est détraqué. Je commence à m'habituer à l'idée. J'ai écrit que je commence à m'habituer à l'idée, et que les phrases ont le pouvoir de guérir. Peut-être.

Mais la journée est toujours la même. Tout à l'heure, quand j'aurai cherché de quoi manger, quand je serai allée aux toilettes et me serai brossé les dents, quand j'aurai refermé la porte et repris ma place devant la fenêtre, j'entendrai Thomas revenir avec ses courses. Je l'entendrai vider ses sacs en plastique et ranger ses achats. J'entendrai la porte du réfrigérateur s'ouvrir et heurter la table. J'entendrai Thomas monter dans son bureau, redescendre dans la cuisine et traverser le couloir. Je l'entendrai frôler le mur de sa manche et poser ses lettres et ses paquets dans l'entrée.

Je l'ai compris au petit déjeuner. Je m'étais réveillée peu avant sept heures et demie dans ma chambre de l'Hôtel du Lison. Une serviette mouillée gisait à mes côtés et ma brûlure était moins douloureuse. J'ai fait une toilette rapide et suis descendue prendre mon petit déjeuner. Après avoir commandé du café, je suis allée me servir au buffet et j'ai emporté un journal avant de me rasseoir. Un coup d'œil sur la une m'a suffi pour me rendre compte qu'il datait de la veille. J'ai réclamé le journal du jour, et on m'a répondu que je le tenais à la main. Comme ce n'est pas dans mes habitudes de discuter, j'en ai pris un autre – également de la veille – et je suis retournée finir mon café.

Quand un des clients a laissé tomber une tranche de pain, j'ai pris peur. Bien sûr, je sais que ce genre d'incident se produit dans tous les hôtels du monde, mais il se trouve que le même client, assis à la même table, avait déjà laissé tomber une tranche de pain le jour précédent. C'était une tranche de pain de mie absolument identique, et elle est tombée à la même vitesse – assez lentement, comme si elle faisait un vol plané. Elle devait être assez légère. Le client a réagi exactement comme la veille : même hésitation avant de ramasser la tranche de pain, même indécision quant à la suite des opérations. L'homme était visiblement partagé entre deux règles de conduite, la première lui interdisant de jeter un produit comestible, la seconde lui rappelant que des denrées tombées des récipients inventés par la civilisation doivent être considérées comme des déchets. Après avoir regardé autour de lui, il a discrètement jeté la tranche de pain dans une poubelle avant de prendre un croissant à la place, comme la veille.

En observant le comportement du client, j'ai compris que je vivais une réplique du jour précédent. Pour l'instant, j'ignorais que le lendemain serait encore un dix-huit novembre et que d'autres allaient suivre, mais je savais déjà qu'il y avait un problème quelque part.

Je suis allée vérifier la date sur les journaux du kiosque d'à côté, j'ai tiré de l'argent avec ma carte de crédit et je suis passée dans deux hôtels différents pour jeter un coup d'œil sur le calendrier de la réception, mais je n'avais plus aucun doute. Je cherchais uniquement à m'inventer une occupation pour faire face à ma perplexité. La date sur les journaux, sur mon ticket de carte bancaire et sur les calendriers des hôtels confirmait d'ailleurs que nous étions effectivement le dix-huit novembre. Et il faisait le même temps que la veille. Pendant que je prenais mon petit déjeuner il avait plu, mais le ciel s'était dégagé. En me promenant dans les rues mouillées, je voyais les premiers magasins ouvrir. La journée serait fraîche, avec un ciel globalement couvert malgré quelques éclaircies.

De retour à l'hôtel j'ai téléphoné à Thomas, prétextant avoir oublié l'heure de mon rendez-vous avec Nami Charet. Pour lui aussi, nous étions bien le dix-huit. Mon rendez-vous était le dix-neuf : *demain, à onze heures du matin*, m'a-t-il dit. À ses yeux, cependant, ce dix-huit novembre était manifestement le premier et l'unique de l'année ; une journée fraîchement éclose et encore vierge. Le lendemain du dix-sept et la veille du dix-neuf, où j'étais censée rentrer à Clairon.

Notre brève conversation m'a rapidement prouvé qu'il avait oublié tout ce que je lui avais raconté sur ma journée à Paris. Il ne se rappelait pas non plus sa propre journée pluvieuse à Clairon. Il n'avait aucun souvenir d'être allé poster ses lettres et ses paquets. Il n'était pas descendu jusqu'au fleuve, n'avait pas été surpris par une averse et n'avait reçu aucun coup de fil. Ma visite chez Philip Maurel était effacée de son esprit, il ignorait l'existence de Marie, nous n'avions jamais parlé de radiateur à gaz, de brûlure ou de glaçons. À aucun moment je n'avais mentionné les *Eaux potables* et les *Heavenly Bodies*, et nos réflexions sur les théories de Jocelyn Miron ne lui disaient rien. Dans sa tête, il ne restait que notre conversation précédente. Celle de la veille. Du dix-sept.

Tournant le dos au mur, mon téléphone posé à côté de moi, j'étais assise sur le lit défait de ma chambre d'hôtel. J'avais posé mes questions avec précaution.

Je n'avais pas voulu l'inquiéter, j'avais simplement cherché à savoir si j'étais la seule à vivre cette expérience. Je l'étais. Thomas n'avait jamais connu le dix-huit novembre.

Il s'est peut-être passé quinze minutes, ou une demi-heure, avant que mon regard ne tombe sur les livres. La pile avait diminué. Les livres achetés le dix-huit avaient disparu. Sur le bureau ne restaient que mes acquisitions du dix-sept : *Atlas des araignées, The Anatomy of Animals* et *Music of Nature's Birds. Histoire des eaux potables* et *The Heavenly Bodies* n'y étaient plus.

Une demi-heure plus tard, je suis retournée dans les librairies où je les avais achetés. La première était encore fermée, mais en poussant la porte de la seconde j'ai immédiatement aperçu *The Heavenly Bodies* sur les étagères derrière le comptoir, à l'endroit même où la libraire était allée le chercher la veille. La libraire, que j'avais rencontrée plusieurs fois, ne se souvenait apparemment pas de m'avoir vue le jour précédent, ni de m'avoir déjà vendu le livre en question. Je l'ai racheté et j'ai couru chez son confrère, en m'excusant d'être si pressée. Entre-temps, celui-ci avait ouvert, et je lui ai demandé s'il avait l'exemplaire de l'*Histoire des eaux potables* que Thomas avait fait mettre de côté. Il est obligeamment allé le chercher. En revenant, il m'a demandé des nouvelles de Thomas, qu'il pensait avoir eu au téléphone la veille – *hier*, comme il disait –, puis il m'a parlé de trois autres livres que j'avais déjà examinés, achetés et fait envoyer à Clairon. Je ne les ai pas rachetés. Je me suis contentée de payer l'*Histoire des eaux potables*, qui a rejoint le livre de Thornton dans mon sac, puis je suis retournée à l'hôtel.

Sur mon chemin, je suis passée chez Philip. Son assistante, que je connaissais maintenant sous le nom de Marie, m'a expliqué qu'il venait de sortir, mais qu'il serait de retour en fin d'après-midi. Elle n'a pas semblé me reconnaître et je n'ai pas voulu lui dire que nous nous étions déjà rencontrées.

Sur le comptoir j'ai aperçu un sesterce en cuivre que Philip m'avait montré la veille. Il était exposé dans un écrin de présentation, à côté de deux autres pièces. Son côté face était frappé à l'effigie de l'empereur Antonin le Pieux, tandis que le côté pile montrait la déesse Annona, tenant deux épis de blé dans une main et une mesure à grains dans l'autre. Marie m'en a fait examiner les détails avec une loupe, en expliquant que la mesure à grains – un *modius*, comme elle disait – prouvait qu'il s'agissait d'Annona. Celle-ci personnifiait l'approvisionnement en grains, sans lequel l'empereur ne pouvait conserver son pouvoir. Comme d'autres empereurs, Antonin le Pieux avait dû importer de grandes quantités de blé pour éviter les troubles. Annona était donc une déesse importante, m'a dit Marie, ajoutant après une légère hésitation que je le savais sans doute déjà. J'ai hoché la tête. À cet instant j'ai cru sentir une sorte de complicité entre nous. Comme si, fugitivement, elle se souvenait de moi. Mais je m'étais sans doute trompée. Ce n'était qu'un simple espoir, je suppose.

J'ai acheté le sesterce et demandé à Marie de me faire un paquet cadeau. Pendant qu'elle le posait dans une boîte gris-bleu et l'enveloppait de papier, je me suis promenée dans le magasin. Dans la première pièce trônait le grand bureau autour duquel nous nous étions installés la veille, et où Marie préparait maintenant mon paquet. Derrière le bureau se succédaient des placards et des rangées de tiroirs remplis de monnaies. Dans la pièce adjacente, Philip exposait une partie de ses trésors. Pour ne pas éveiller la curiosité de Marie j'ai tout passé en revue, en commençant par la vitrine de gauche. On y voyait une sélection de monnaies préromaines – grecques, surtout – ainsi qu'un petit choix de pièces indiennes et chinoises, un domaine que Philip avait l'intention de développer, mais qui restait pour l'instant aux confins de l'Empire romain. Sous une large fenêtre à travers laquelle on apercevait la rue, une bibliothèque basse contenait des livres et des catalogues. Dans les vitrines suivantes, les monnaies romaines se succédaient par ordre chronologique selon les différentes réformes monétaires. Grâce au rangement ingénieux de Philip, les visages des empereurs formaient un défilé rendant l'Histoire parfaitement lisible. Ce n'était pas la première fois que je déambulais devant les vitrines. Les empereurs et impératrices, leurs dieux et déesses, ainsi que les petits objets et symboles permettant de les identifier avaient le don de me rassurer et me permettaient de réfléchir.

Après la dernière vitrine, où figuraient des monnaies de la fin de l'empire d'Occident et une petite sélection de pièces de l'Empire byzantin, une porte s'ouvrait sur l'arrière-boutique. Une table de cuisine était posée contre l'un des murs, où se trouvaient également un réfrigérateur et un évier. En face, il y avait une rangée de placards. Des cartons traînaient au fond de la pièce. La veille, c'était là, derrière les cartons, que nous avions découvert le radiateur à gaz.

Quand Marie a dû répondre au téléphone, j'en ai profité pour me glisser dans l'arrière-boutique. Le radiateur et la bonbonne de gaz étaient là, recouverts d'une couche de poussière intacte.

Ma brûlure me faisait toujours mal, mais j'avais fini par m'y habituer et n'y pensais qu'en heurtant un objet ou en faisant un geste brusque. Tant que je ne bougeais pas, la douleur n'était qu'une sorte de bruit de fond dans mon système nerveux : rien de bien grave, une petite blessure causée par un appareil de chauffage qui n'avait pas servi depuis l'hiver précédent.

J'ai rejoint Marie, payé le sesterce et quitté la boutique. Le sesterce était un cadeau pour Thomas. Devais-je rentrer auprès de lui tout de suite ou attendre encore un peu ? Je n'arrivais pas à prendre une décision. Selon mon projet initial, j'aurais dû être en route vers la Bibliothèque 18, mais pour cela il aurait fallu que nous soyons passés du dix-huit au dix-neuf novembre pendant la nuit. Or, il n'en était rien. Finalement, je suis allée m'acheter des pansements et une crème antiseptique à la pharmacie la plus proche.

De retour à l'hôtel j'ai appliqué un long sparadrap rectangulaire sur ma brûlure, qui commençait à enfler et prenait une teinte rougeâtre. Puis j'ai téléphoné à Thomas. Je lui ai expliqué que j'étais victime d'une rupture du temps qui semblait n'affecter que moi. Je lui ai avoué que c'était pour cette raison que je l'avais appelé tout à l'heure. Je n'avais pas voulu l'inquiéter, mais à présent je ne voyais pas d'autre solution que de lui en parler. Je lui ai fait un long résumé de mes dix-huit novembre, en y incluant une foule de détails dont je ne me souviens plus très bien. J'ai dû évoquer mes visites chez les libraires d'ancien, les livres que je venais d'acheter pour la seconde fois, ma rencontre avec Marie ainsi que le fameux radiateur à gaz de l'arrière-boutique. En revanche, je n'ai pas mentionné le sesterce romain. À part cela, je pense avoir été assez exhaustive. Thomas a écouté mon long monologue sans faire de commentaires ni poser de questions.

Si j'ai oublié certains détails, je me souviens parfaitement du déséquilibre qui s'est installé entre nous quand j'ai évoqué notre conversation de la veille. Lorsqu'il a compris qu'il avait fait partie de mon dix-huit novembre, que nous avions discuté au téléphone et qu'il m'avait raconté sa journée, j'ai senti une inquiétude dans sa voix. D'autant que j'avais pu lui décrire le déroulement de cette journée, lui parler de la météo et lui rappeler des événements dont il n'avait pas le moindre souvenir.

Il n'a pas mis en doute ma parole. Nous avions eu une conversation téléphonique, et il l'avait oubliée.

Voilà ce qui lui faisait peur. Que je sois victime d'un dysfonctionnement du temps était une chose ; qu'il ait joué un rôle dans ma journée, parlé avec moi et effectué toutes sortes de gestes sans en garder le moindre souvenir en était une autre. Il éprouvait à son tour le vertige qui m'avait saisie en voyant la tranche de pain tomber par terre pour la seconde fois. Il sentait lui aussi le sol se dérober sous ses pieds, il vivait ce moment étrange où le monde cesse d'être prévisible, où une sorte d'alerte existentielle s'active tout à coup. On a beau ressentir une panique sourde, on n'essaie ni de fuir ni de crier au secours, car on sait déjà que les ambulances et les interventions d'urgence ne serviront à rien. Au fond de notre conscience, un signal d'alarme est prêt à se déclencher. En temps normal, il bourdonne discrètement, mais il se met soudain à hurler quand on découvre les désordres du monde et comprend que tout peut changer d'un instant à l'autre. Que tout peut arriver, y compris l'impossible. Le temps peut s'arrêter, les lois de la gravitation s'abolir et la logique de l'univers s'effondrer, nous obligeant à admettre que notre croyance en un univers stable est sans fondement. Plus rien n'est sûr ; derrière ce qui nous semblait évident apparaissent toutes sortes d'exceptions aberrantes, de fractures soudaines et de dérèglements improbables.

C'est étrange qu'une anomalie puisse nous ébranler à ce point, ai-je pensé. Après tout, nous savons que notre existence repose sur toutes sortes de coïncidences et de phénomènes bizarres. C'est grâce à cela que nous sommes ici, qu'il y a des êtres humains sur ce que nous appelons notre planète, que nous sommes capables de nous mouvoir à la surface d'un globe tournant sur lui-même dans un univers infini, où flottent des objets immensément grands aux composantes si petites que notre pensée ne peut les concevoir. C'est grâce à cela que ces composantes ne s'éparpillent pas, que nous restons en orbite, que nous sommes en vie, tout simplement. C'est grâce à cela que chacun d'entre nous a pu émerger parmi tant d'autres virtualités. L'impensable est en nous de manière permanente. Nous sommes des êtres improbables, surgis d'une nébulosité de coïncidences. Nos connaissances auraient dû nous préparer à affronter l'invraisemblable, mais ce n'est manifestement pas le cas. Bien au contraire : nous le côtoyons sans être pris de vertige tous les matins. Au lieu d'avancer prudemment et avec un étonnement constant, nous nous comportons comme si tout allait de soi. L'étrangeté nous paraît normale ; le vertige ne nous saisit que lorsque le monde nous apparaît tel qu'il est : incohérent, imprévisible et absurde.

Et alors elle se déclenche. La sonnerie. Assise dans ma chambre d'hôtel, encore secouée par la chute réitérée de la tranche de pain, j'ai compris que c'était exactement ce qui venait d'arriver à Thomas. Je l'ai entendu à sa voix. À la panique sourde qui s'est emparée de lui quand il s'est rendu compte de ce qui s'était passé, à ses hésitations quand il a essayé d'y trouver une explication sensée. La liaison téléphonique fonctionnait parfaitement, le problème n'était pas là : c'était le sol qui se dérobait sous ses pieds. Son alarme s'est activée, il a ouvert sa trousse de secours. Devant lui s'ouvrait un monde où rien n'était stable. Le temps pouvait se détraquer, les journées se répéter, des événements s'effacer de votre mémoire. Et la poussière se redéposer sur des objets qu'on était certain d'avoir essuyés.

L'épisode finit généralement par se refermer. C'était une erreur. Les phénomènes extraordinaires trouvent une explication naturelle, on a mal vu, on s'est embrouillé dans ses souvenirs, on a confondu les événements, on s'est trompé de date, les objets disparus ressurgissent, l'incongru est moins absurde qu'il n'y paraît, on est victime d'une illusion d'optique ou d'une amnésie passagère, c'était un rêve ou un malentendu, le monde retrouve son cours normal, le vertige se dissipe et on pousse un soupir de soulagement.

Mais pas cette fois-ci. Deux jours de suite j'avais assisté à la chute d'une tranche de pain ; impossible de s'y méprendre. J'avais vu Marie essuyer l'appareil de chauffage, qui était maintenant aussi poussiéreux qu'au moment où nous étions allées le chercher dans l'arrière-boutique. J'avais parlé avec Thomas. Il m'avait raconté sa journée. Je me souvenais de son dix-huit novembre. Thomas ne s'en souvenait pas, mais nous savions tous les deux que je disais la vérité. Je ne m'étais pas trompée. Il n'y avait aucune confusion, aucune erreur. J'étais sûre de mon fait. Thomas n'avait aucune raison de mettre en doute ma parole.

Il voulait examiner les choses de plus près, a-t-il dit. Dans sa voix, l'inquiétude était toujours perceptible.

Il était pressé de terminer notre conversation ; il irait faire une promenade et me rappellerait plus tard. Quand il m'a retéléphoné une bonne demi-heure plus tard, il avait fait des recherches sur Internet, épluché plusieurs journaux, consulté deux agences bancaires et visité un magasin d'articles de bureau. Il était maintenant assis à La Petite Échelle, un café au centre de Clairon. Une pluie fine mouillait le pavé et le carillon de l'église venait de sonner : il était deux heures de l'après-midi. Et nous étions bel et bien le dix-huit novembre, Thomas en était tout à fait certain.

Il n'a pu me donner aucune explication. Les faits étaient pourtant simples : deux jours de suite je m'étais réveillée le dix-huit novembre. Tout ce qui m'arrivait était absolument identique à ce que j'avais vécu le jour précédent ; ma journée était la copie conforme de celle que j'avais archivée dans ma mémoire. Thomas, en revanche, n'avait pas le sentiment de reconnaître quoi que ce soit ; tout lui paraissait entièrement nouveau. Il ne se rappelait que notre conversation du dix-sept. *D'hier*, comme il n'a pu s'empêcher de dire.

Nous avons évoqué plusieurs hypothèses : hallucinations, paramnésie, malentendus, erreurs d'interprétation, boucles temporelles, univers parallèles. Rien ne nous a semblé faire sens. Ni lui ni moi ne croyions au passage dans une dimension inconnue. Selon toute probabilité, je me faisais des idées : j'étais victime de fantasmagories, de mon imagination trop vive. Ou alors c'était un songe. Pourtant, je n'en étais guère convaincue : je n'avais pas rêvé mon premier dix-huit novembre, ce n'était ni un mirage ni une fiction. Les fictions ne provoquent pas de brûlures, on ne lit pas un journal entier en rêve et il est tout de même peu courant de revoir la réplique exacte de ses mirages en prenant son petit déjeuner dans un hôtel parisien de catégorie moyenne. Nous étions perplexes. Une seule chose nous paraissait certaine : au cours de la nuit, le monde dans lequel j'évoluais avait reculé de vingt-quatre heures, et je retrouvais de manière identique ma journée de la veille.

Que faire ? Nous avons hésité entre plusieurs solutions : ou je resterais à Paris et verrais ce que me réserverait la journée, ou bien je rentrerais tout de suite auprès de Thomas – la seule personne concernée par cette rupture du temps en dehors de moi, du moins pour l'instant. Et la seule avec qui je pourrais partager mon étrange expérience sans rencontrer de méfiance – sans être considérée comme une folle, ou comme une menteuse, tout simplement. Sinon, Thomas pourrait aussi me rejoindre à Paris. Ainsi, nous pourrions examiner les choses de concert et nous tenir compagnie en attendant que la journée retrouve son cours normal. Mais cela ne résoudrait pas le problème, d'après lui. Au fil de notre conversation il nous est clairement apparu qu'il me fallait rentrer. À Paris, nous ne pourrions pas faire grand-chose. À la maison, ça irait peut-être mieux.

Nous nous reverrions bientôt : pour tenter de nous rassurer, nous n'avons cessé de répéter cette phrase. Puis nous avons raccroché. Sans me presser, j'ai fait mes bagages. J'ai soigneusement enveloppé les livres et les ai glissés dans mon sac. Après avoir enfilé mon manteau, je suis partie pour la gare, où je suis arrivée au bout d'une demi-heure. Une heure plus tard j'étais à bord du train de Lille, où m'attendait une correspondance pour Clairon-sous-Bois.

Il faisait nuit lorsque je suis descendue à la gare de Clairon. Mon téléphone marchait mal, je n'ai pas réussi à appeler un taxi et j'ai décidé de faire à pied les deux kilomètres qui me séparaient de la maison. La pluie et le vent avaient repris quand j'étais encore dans le train, et j'ai affronté les intempéries, mon parapluie dans une main et mon sac sur l'épaule opposée. Il était environ sept heures, le trottoir était humide, il faisait froid et la pluie ne se calmait que par intermittence. Pendant le voyage j'avais à peine pensé à ma brûlure, mais à présent elle m'élançait. À cause de l'humidité, le sparadrap commençait à se défaire ; j'ai essayé de le remettre, et je m'arrêtais de temps à autre pour changer mon sac d'épaule et faire passer mon parapluie dans l'autre main. Peine perdue : la douleur revenait au bout de quelques secondes.

Assez étrangement, la marche a fini par me calmer. Le trajet m'a semblé correspondre à ma situation. D'une certaine manière, le froid, l'inconfort et la douleur étaient le reflet de mon angoisse. Je savais que le monde s'était détraqué, mon inquiétude n'avait pas disparu, mais je me disais qu'une solution m'attendait peut-être au bout du chemin. Si je continuais à braver le froid et l'humidité, si je parvenais à supporter la douleur, si j'avançais en tenant fermement mon parapluie et en serrant mon sac contre mon épaule, si je m'efforçais à faire un pas après l'autre, je retrouverais Thomas et serais enfin chez nous, bien au chaud et à l'abri. Ma brûlure me faisait mal, le sac rempli de livres pesait lourd sur mon épaule, j'étais seule dans le froid et l'obscurité, mais la situation n'était pas désespérée. Quand j'aurais changé mes vêtements trempés, tout irait mieux, car Thomas serait là et nous résoudrions notre problème. La marche sous la pluie était simplement une épreuve à traverser.

À mon arrivée, tout m'a paru normal. Devant notre maison, un réverbère éclairait les arbustes du jardin, dont les ombres se dessinaient sur la façade mouillée. Le potager était plongé dans une semi-obscurité, mais on apercevait la remise peinte en blanc. Les dalles de l'allée me conduisaient à la porte d'entrée, comme d'habitude. Nous étions en novembre, il pleuvait et j'étais allée à Bordeaux en faisant halte à Paris sur le chemin du retour. Après avoir rendu visite à Philip Maurel et acheté des livres, j'étais rentrée au bout de deux jours, comme prévu. Mais je n'avais pas vu Nami Charet, et le dix-neuf novembre n'avait pas succédé au dix-huit. Une légère contrariété, une erreur dans les chiffres, une rupture du temps, un dysfonctionnement auquel je n'étais pas en mesure de remédier dans l'immédiat. Un problème dont je ne voyais pas encore l'étendue. Par conséquent, je ne pouvais ni le minimiser ni le considérer comme une catastrophe. À cet instant-là, il m'a pourtant semblé assez négligeable. Un détail dont il serait toujours possible de s'occuper plus tard, me suis-je dit en avançant sur les dalles.

Depuis mon retour sous la pluie, ce dysfonctionnement du temps a pourtant pris des proportions telles que je ne peux plus l'ignorer. Quand je regarde en arrière, je retrouve parfois les sentiments qui me traversaient sur mon chemin entre la gare et la maison. Brièvement, il m'arrive encore de considérer cette rupture du temps comme un détail insignifiant, un problème que je parviendrai à résoudre, un moment de froid et d'obscurité à traverser. Mais l'instant d'après je comprends qu'il ne s'agit pas d'une simple broutille. Le dysfonctionnement n'a pas disparu, il n'a fait que s'aggraver et je ne sais pas quoi faire pour y mettre fin.

Dès qu'il m'a vue sous la lumière du réverbère, Thomas m'a fait un signe de la main depuis la fenêtre de la cuisine. Nos regards se sont croisés, sa main est restée suspendue en l'air, il s'est précipité dans l'entrée et nous nous sommes retrouvés sur le pas de la porte. J'ai secoué mon parapluie et Thomas s'est empressé de me faire entrer, de me mettre à l'abri, bien au chaud et au sec. J'étais enfin chez nous. Thomas m'a libérée de mon sac et de mon manteau, nous étions enfin réunis malgré la journée qui nous séparait. Comme si je rentrais simplement de voyage. D'un voyage un peu particulier, certes : il nous était arrivé quelque chose, tout n'était pas comme d'habitude, un fond d'inquiétude troublait nos retrouvailles. J'avais pourtant le sentiment d'être en sécurité, d'avoir échappé à un malheur : un incendie, un accident de la circulation, une catastrophe ferroviaire. J'étais indemne, le danger était passé, j'étais de retour. Mon corps s'est détendu, mon épaule a cessé de m'élancer, la douleur de ma main s'est estompée et je me suis aperçue que j'avais mouillé la chemise de Thomas.

J'ai enlevé mes bottes, et Thomas est allé me chercher un gilet chaud dans notre chambre. J'ai ramassé mon sac mouillé et posé les livres sur la table basse du séjour. Heureusement, ils n'étaient pas abîmés. Au fond du sac il y avait des vêtements secs. Je me suis changée, enfilant par-dessus ma robe le gilet que Thomas m'avait apporté, puis je me suis installée dans l'un des deux fauteuils près de la fenêtre. Thomas a préparé du thé. Revenant avec deux tasses, il s'est assis dans l'autre fauteuil, et nous nous sommes retrouvés face à face, séparés seulement par la table basse et soulagés d'être à nouveau réunis. Nous avons parlé du mauvais temps, des livres que j'avais achetés, de Philip et de Marie, de ma mésaventure avec le radiateur à gaz, de ma brûlure que j'ai montrée à Thomas en soulevant le sparadrap. Elle suintait un peu, mais elle me faisait nettement moins souffrir. D'autant que j'étais maintenant bien au chaud.

Nous étions sur la corde raide. J'évitais soigneusement certains mots que nous comprenions différemment, comme *hier* ou *avant-hier*. Je disais *aujourd'hui* et *le dix-sept*, je parlais du *soir où j'ai rendu visite à Philip*. Ainsi nous avons pu évoquer mon voyage en évitant les malentendus.

En lui donnant le sesterce romain, j'ai expliqué à Thomas que je l'avais acheté le matin même, quand j'étais passée chez Philip pour vérifier ce qu'il en était du radiateur à gaz. Thomas n'est pas un véritable collectionneur ; la rareté et la valeur des pièces ne l'intéressent pas particulièrement, mais il s'est tout de même constitué une petite collection assez singulière. D'après moi, elle n'obéit à aucun système : elle comprend des objets assez hétéroclites – des pièces de monnaie, mais aussi des timbres, quelques gravures de petite taille et deux ou trois livres illustrés au format poche – qu'il conserve dans une boîte en carton renforcé.

Sa collection – si tant est qu'on puisse la qualifier ainsi – compte parmi les rares biens que Thomas a gardés de sa vie antérieure. Bien sûr, il y a aussi la maison, qu'il a héritée de son grand-père peu après notre rencontre, et le jardin, qui ressemble toujours à celui où il jouait autrefois. Quand nous y avons emménagé, la maison était remplie d'objets qu'il connaissait depuis son enfance : les deux fauteuils, le tapis à motifs noir et blanc et la bibliothèque du séjour, les tasses à thé, la table du bureau, les outils de la remise et la vieille chaîne stéréo qui marche toujours. Le reste de nos meubles vient de mon appartement de Bruxelles, où Thomas s'est installé dès que nous avons décidé de vivre ensemble. Il y a débarqué avec plusieurs cartons de vieux livres – le fonds initial de ce qui allait devenir T. & T. Selter – et sa boîte d'objets précieux, parmi lesquels j'avais imaginé que le sesterce trouverait sa place.

Nous avons passé la plus grande partie de la soirée dans le séjour. J'étais de retour. Confortablement installés devant nos tasses de thé, nous étions à nouveau réunis, et le monde nous a semblé presque normal. Le dérèglement du temps continuait pourtant à nous inquiéter. Nous avons abordé le sujet sous plusieurs angles sans trouver ni explications ni solutions. D'après Thomas, le problème allait peut-être disparaître tout seul. Il cherchait manifestement à me rassurer, ou à se rassurer lui-même. À un moment il a dit d'un ton dégagé que le temps finirait bien par retrouver sa progression normale. Dans l'existence il y a toujours des imprévus : fleuves qui débordent, accidents de la circulation, hivers particulièrement rudes, étés caniculaires. Après tout, nous étions là comme si rien ne s'était passé. Il n'y avait ni morts ni blessés.

J'étais angoissée. En montant dans notre chambre, j'ai pris les livres que j'avais rapportés de Paris. Par prudence. Avant de me glisser sous la couette, je les ai posés dans le lit, à mes pieds. Puis nous nous sommes serrés l'un contre l'autre, sans évoquer nos projets pour le lendemain, comme nous le faisions d'habitude. Nous pensions sans doute que les chances de retrouver le cours normal du temps seraient plus grandes si nous faisions semblant de rien.

Après un moment j'ai senti que Thomas était sur le point de s'endormir. J'entendais sa respiration, je devinais le contour de son visage. Il me semble qu'il a ouvert les yeux quelques secondes. Je ne suis pas sûre de ce que j'ai vu dans l'obscurité, mais je crois avoir aperçu un bref regard que je qualifierais volontiers de réprobateur. Comme si c'était moi, et non pas le temps, qui lui faisais des misères et mettais son univers sens dessus dessous.

Il a immédiatement refermé les yeux. J'ignore s'il s'est endormi tout de suite, mais je me suis dégagée de son étreinte et lui ai tourné le dos dès que j'ai eu la certitude qu'il dormait.

J'étais toujours aussi angoissée. Mes pieds frôlaient les livres ; sur une impulsion, j'ai sorti l'*Histoire des eaux potables* et *The Heavenly Bodies* de la pile et je les ai glissés sous mon oreiller. Puis je me suis endormie à mon tour.

Je me suis réveillée avant Thomas. Tout m'a d'abord semblé normal ; je sentais les draps contre ma peau, Thomas était à mes côtés, l'air était frisquet et la fenêtre laissait passer une faible lumière. Quelques minutes se sont écoulées, ou quelques secondes seulement, pendant lesquelles j'ai eu le sentiment de vivre une matinée tout à fait ordinaire. De retrouver mon existence familière. C'était le matin. Je venais de me réveiller. Thomas dormait.

Mais je n'avais pas simplement ouvert les yeux aux côtés de Thomas comme je le faisais tous les jours. Je l'ai rapidement compris. J'ai d'abord ressenti une vague inquiétude, comme si j'avais oublié quelque chose, ou eu un moment d'inattention. Puis j'ai découvert les livres sous mon oreiller, et tout m'est revenu. Des détails du dix-huit novembre ont ressurgi : j'étais restée deux jours à Paris et nous n'étions pas passés au dix-neuf, comme je m'y étais attendue. J'étais rentrée sous la pluie et j'avais discuté avec Thomas, qui dormait à présent à mes côtés. Avant de trouver le sommeil j'avais glissé sous mon oreiller les deux livres que je venais de retrouver. J'en ai frôlé trois autres en remuant les pieds. Je les ai soigneusement empilés par terre. J'ai vu un gilet suspendu au dos d'une chaise. Je l'ai enfilé par-dessus ma chemise de nuit et je suis descendue à la cuisine.

J'étais encore dans le flou. Quelle date étions-nous ? Le dix-huit, le dix-neuf ? Ou le vingt ? Je n'étais pas pressée de le savoir. J'ai commencé à préparer le petit déjeuner. J'ai mis des œufs à bouillir, fait griller du pain et préparé deux bols de muesli que j'ai posés sur un plateau. Dans un plat creux j'ai découvert deux pommes du jardin. J'en ai découpé une en faisant disparaître les tavelures et ai ajouté les morceaux au muesli. Sans me presser. J'ai fait du café. Et du thé aussi, car j'ai soudain eu un doute. Je suis allée chercher des tasses et des assiettes, des couteaux et des cuillères. J'ai sorti le beurre, le fromage et le lait du réfrigérateur, la confiture et le miel du placard, et j'ai tout réuni sur le plateau, qui commençait à être bien rempli. J'ai monté l'escalier et posé le plateau sur le palier, puis je suis redescendue chercher la cafetière et la théière, que j'ai également posées sur le palier. Et j'ai pénétré dans la chambre, le plateau dans les mains.

Entre-temps, Thomas s'était réveillé. Sa surprise était manifeste. Dans son esprit, nous étions le dix-huit novembre. Et non pas pour la deuxième ou la troisième fois. La nouvelle journée succédait à la veille. Au dix-sept. Mon retour était prévu pour le lendemain. Pour le dix-neuf. Il n'en revenait pas de me voir déjà là, lui apportant un copieux petit déjeuner.

J'ai posé le plateau sur le lit et suis allée chercher la cafetière et la théière, que j'ai mises sur la table de nuit. Puis je me suis assise aux côtés de Thomas. Je lui ai parlé de mon séjour à Paris, de mon retour, de notre soirée passée ensemble. Vérifiant la date et l'heure sur son téléphone, il n'a pu que constater que nous étions bel et bien le dix-huit et qu'il était neuf heures sept. Il a vu sur l'écran que je l'avais appelé le dix-sept. En revanche, il n'y avait aucune trace du dix-huit et il ne s'en souvenait absolument pas. Nos conversations téléphoniques, mon retour, mon parapluie mouillé, mon manteau trempé, les livres rapportés de Paris, nos phrases hésitantes et ses propos rassurants : tout était effacé de sa mémoire. En lui racontant mon trajet sous la pluie, en lui rappelant qu'il m'avait fait un signe de la main et qu'il avait couru à ma rencontre, j'ai vu son regard inquiet. J'ai imité son geste resté en suspens, lui ai précisé que nous nous étions retrouvés sur le pas de la porte et lui ai dit que tout nous avait semblé presque normal. Puis je me suis empressée de souligner que j'étais là, que le plateau du petit déjeuner nous attendait sur le lit, que nous étions à nouveau réunis et qu'il n'y avait ni morts ni blessés. Certes, les morceaux de pomme avaient légèrement bruni et les boissons chaudes étaient en train de refroidir, mais ce n'était pas bien grave. Nous étions ensemble, nous allions prendre notre petit déjeuner et ne pas nous quitter de la journée.

En mangeant, nous avons prudemment abordé ce qui venait de nous arriver. Thomas hésitait. D'après lui, il ne fallait rien précipiter. Il avait sans doute besoin de temps pour s'habituer à la nouvelle situation. Ou alors il espérait que mes souvenirs du dix-huit novembre disparaîtraient d'eux-mêmes et qu'une explication rationnelle de mon retour inopiné finirait par surgir. Mais je savais déjà ce que la journée nous réservait. Elle serait identique à la veille, et je la vivrais pour la troisième fois.

Après notre petit déjeuner, Thomas a vérifié la date sur son ordinateur, lu les journaux, consulté la météo, regardé ses notifications : tout indiquait que nous étions le dix-huit novembre. Une journée parfaitement ordinaire. Il m'a proposé de faire une promenade et d'en profiter pour passer au marché ; ensuite, nous pourrions descendre jusqu'au fleuve. Je lui ai dit qu'il vaudrait mieux attendre l'après-midi, quand le ciel se serait dégagé. Pour l'instant, rien ne semblait l'annoncer, mais à trois heures et quart la pluie s'est effectivement arrêtée et le soleil est apparu. Chaudement habillés et munis de nos parapluies, nous sommes partis nous promener dans la forêt, comme d'habitude. Nous sommes descendus jusqu'au fleuve et avons continué jusqu'à l'ancien moulin en suivant les berges, qui n'étaient pas inondées malgré les pluies abondantes des dernières semaines. Ensuite, nous sommes retournés au centre-ville et avons fait quelques courses au marché avant de rentrer.

J'avais glissé les cinq livres achetés à Bordeaux et à Paris dans le sac à dos dont je me sers pour faire les courses. Une précaution intuitive que je n'ai pas pu expliquer à Thomas. J'étais persuadée qu'ils allaient disparaître si je ne les gardais pas constamment avec moi. Quand Thomas s'est proposé de porter mon sac, j'ai énergiquement refusé. Sur le chemin du retour, je n'ai pu m'empêcher de jeter un coup d'œil à travers une vitrine de banque pour tenter d'apercevoir le calendrier mural. J'ai également vérifié la date sur un guichet automatique, et je me suis attardée devant un distributeur de timbres au bureau de poste de la rue Pareillet. Comme si je cherchais un démenti aux nombreux signes me disant que la journée se répétait. Or, la date était partout la même. Il n'y avait plus aucun doute. Nous étions le dix-huit novembre. Pour la troisième fois.

Le temps a commencé à se gâter, les nuages gris clair viraient maintenant au gris sombre et ne laissaient plus filtrer le moindre pan de ciel bleu. Nous avons senti quelques gouttes, mais avons pu regagner la maison avant que l'averse n'éclate. En quelques instants, tout est devenu noir et la pluie s'est mise à tomber dru. Nous avons vu le voisin se hâter le long de la haie, tourner au coin de la rue, courir jusque chez lui, ouvrir son portail et disparaître. J'ai sorti les livres de mon sac à dos et les ai posés sur la table basse du séjour. Quand la pluie a fini par se calmer, Thomas est allé chercher du bois pour la cheminée.

Nous avons fait l'amour par terre, dans le séjour. Nous avons toujours aimé passer du temps ensemble ; nous ne sommes pas de ces couples qui éprouvent le besoin de se séparer, de ressentir un manque, de se redécouvrir, de s'éloigner l'un de l'autre et de se rapprocher dans une sorte de choc frontal amoureux. Ce ne sont pas les absences, les adieux et les retrouvailles qui nous lient. Notre vie commune est une succession de journées et de nuits partagées. Notre attachement ne fait que se renforcer, nous sentons la tension monter tout au long de la journée et finissons par nous arracher mutuellement nos vêtements. Et nous voilà par terre, sur le tapis à motifs noir et blanc, tandis qu'au-dehors la pluie ne cesse de tomber.

Notre amour a toujours été moléculaire. Des substances dans nos cellules, des connexions indépendantes de notre volonté font naître autour de nous un climat où des ondes sonores composent des harmonies singulières. Nos paroles sont des atomes, ou des particules plus petites encore. Entre nous, il n'y a ni abîme ni distance, mais une sorte de vertige. Une électricité ou un magnétisme, une chimie, un je-ne-sais-quoi qui nous enveloppe et se renforce quand nous sommes ensemble. Nous formons peut-être un système atmosphérique, avec ses phénomènes de condensation et d'évaporation : nous nous regardons, nous nous frôlons, nous nous solidifions et entrons en contact ; nous faisons l'amour, sombrons dans le sommeil et retrouvons à notre réveil ce lien étrange qui nous unit. Un système atmosphérique discret, où les catastrophes naturelles n'ont jamais eu de place. Du moins jusqu'au dix-huit novembre.

Le soir, j'ai encore glissé les livres dans mon lit. À mes pieds, d'abord. Puis je me suis ravisée et j'ai de nouveau mis *The Heavenly Bodies* et l'*Histoire des eaux potables* en sécurité sous mon oreiller. Ils avaient traversé indemnes notre journée et je n'avais aucune envie de prendre des risques. Dès le matin je m'étais aperçue que le sesterce avait disparu, mais je n'en avais pas parlé à Thomas. J'espérais sans doute qu'il réapparaîtrait. Je l'avais cherché partout, dans mon sac, sur la table du séjour, dans le bureau, mais il demeurait introuvable.

J'en ai finalement parlé à Thomas, qui n'avait pas le moindre souvenir de ce que nous avions pu en faire. Nous avons passé au peigne fin les endroits où nous aurions pu déposer une pièce de monnaie. Thomas a d'abord regardé dans sa boîte à trésors. Il n'y était pas. Pas plus qu'il n'était rangé dans un tiroir, oublié sur un coin d'étagère ou abandonné sur le rebord de la fenêtre de notre chambre.

J'étais persuadée – et je le suis toujours – qu'il avait réintégré son écrin chez Philip Maurel. Tout comme les livres avaient réintégré les étagères des libraires après ma deuxième nuit à Paris. J'ai envisagé d'y retourner pour en avoir le cœur net, mais j'ai décidé de ne pas bouger d'ici. Je n'irai pas à Paris, et je ne rejoindrai pas Thomas dans le séjour. Il vient justement d'y redescendre après être allé chercher un bloc-notes pour consigner ses réflexions sur l'ouvrage qu'il est en train de lire. Le soir est tombé, un nouveau dix-huit novembre touche à sa fin. J'ai passé l'essentiel de ma journée assise à la fenêtre, dans une chambre dont la lumière éclaire un jardin trempé de pluie, et je n'irai nulle part.

Évidemment, nous n'avons pas retrouvé le sesterce. Pendant que je fouillais dans la commode pour la seconde fois, Thomas est retourné au lit pour réfléchir. Il peinait à trouver une logique dans le fonctionnement du dix-huit novembre. Certains objets disparaissaient, mais pas tous. Mon sac et mes vêtements étaient toujours là, les livres achetés le dix-sept aussi. Et même les deux livres achetés le dix-huit qui avaient commencé par se volatiliser et que j'avais dû racheter. Je les avais glissés sous mon oreiller pendant la nuit, j'avais passé ma journée à les surveiller et ils n'avaient pas bougé. En revanche, le sesterce s'était envolé.

Lancée dans un long développement sur les irrégularités du temps, j'étais en train de récapituler les événements de la journée quand je me suis soudain tournée vers Thomas. Apparemment, la situation commençait à l'amuser. Comme s'il avait fini par s'y résoudre, se disant qu'après tout les bizarreries chronologiques donnaient du piment à notre existence. En le rejoignant sous la couette, j'ai constaté que son inquiétude du matin avait laissé place à une soudaine gaieté. Avant de s'endormir, il a adressé un bref discours aux livres – pour plus de sûreté, comme il a dit. Interpellant d'abord les volumes glissés sous mon oreiller, se tournant ensuite vers ceux restés à mes pieds, il les a suppliés de rester encore un peu avec nous. Puis il m'a serrée dans ses bras, me conjurant d'être là le lendemain – quelle que soit la date. Et même le surlendemain, voire à tout jamais. Là-dessus, il a sombré dans le sommeil, et je l'ai sans doute imité quelques minutes plus tard.

En pensant à ces instants-là, il m'arrive de me lever et de m'approcher de la porte. Mais je ne l'ouvre pas, car je serais obligée d'expliquer ma présence. Il y a désormais cent vingt-deux journées à raconter et je verrais de nouveau le regard inquiet de Thomas. Je pourrais toujours lui dire qu'il n'y a ni morts ni blessés, juste un dérèglement du temps, mais cela ne suffirait sans doute pas à le rassurer. Du coup, je ne bouge pas. Je reste où je suis. Il nous faudrait la nuit entière pour parvenir à rire de l'absurdité qui nous frappe. Comme si notre gaieté devait se frayer un chemin à travers des couches d'inquiétude et de doute pour remonter à la surface, telles des bulles de gaz libérées par le permafrost.

Je commence à m'habituer à l'idée. Je suis prisonnière d'une journée de novembre, mais je suis chez moi. Assis devant la fenêtre du séjour, Thomas est plongé dans le chapitre 4 de *Lucid Investigations*, de Jocelyn Miron. Je ne crois pas qu'il pense à moi. Si c'est le cas, il m'imagine sans doute à l'Hôtel du Lison ou dans la boutique de Philip Maurel. Il ne s'attend pas à ce que je l'appelle ce soir ; plutôt demain matin ou après mon rendez-vous avec Nami Charet, quand je serai dans le train pour Clairon. Je sais que Thomas va encore lire un peu. De temps à autre il posera son livre pour écrire quelques phrases sur son bloc-notes. Lorsqu'il aura terminé le chapitre 4, il arrachera une feuille du bloc pour s'en servir comme marque-page. Puis il éteindra la lumière du séjour, vérifiera que la porte d'entrée et celle du jardin sont bien fermées à clé, éteindra également le couloir, montera l'escalier et se glissera dans le lit. Je vais bientôt éteindre et me coucher, moi aussi. Et demain, à mon réveil, nous serons le dix-huit novembre # 123.

123

Le matin suivant – celui de mon quatrième dix-huit novembre –, Thomas s'est réveillé avant moi. J'ai senti sa main sur mon épaule. Sa voix était joyeuse, mais j'ai deviné un léger trouble quand il m'a demandé à quelle heure j'étais arrivée. Comment était-il possible que je sois déjà là, alors que je lui avais téléphoné la veille au soir de mon hôtel à Paris ? Je me suis redressée dans le lit, et il m'a fallu quelques secondes pour me rappeler ce qui s'était passé. Thomas a répété sa question. Un bref instant, j'ai cru qu'il faisait allusion à mon coup de fil après ma visite chez Philip Maurel. Avait-il enfin retrouvé les souvenirs de son premier dix-huit novembre ? Or, il parlait du dix-sept. De la conversation que nous avions eue à mon arrivée de Bordeaux. Pour Thomas, ce dix-huit novembre était tout neuf ; les précédents étaient effacés de sa mémoire. De sa journée pluvieuse à Clairon-sous-Bois, il ne restait plus rien. De mon récit de la soirée chez Philip Maurel, non plus. Mon retour lors du deuxième dix-huit novembre, notre petit déjeuner au matin du troisième, notre promenade à travers la ville, nos discussions, nos ébats sur le tapis du séjour, nos efforts pour retrouver le sesterce perdu, son discours adressé aux livres : tout avait disparu. C'était mon quatrième dix-huit novembre. Pas plus que les autres, il ne resterait gravé dans la mémoire de Thomas. Je le savais déjà.

Encore une fois je lui ai raconté ce qui m'était arrivé. Encore une fois j'ai vu sa joie faire place à l'inquiétude. Encore une fois j'ai essayé de répondre à ses questions. Encore une fois j'ai été incapable de lui fournir une explication plausible.

Les jours suivants, je me suis réveillée avec la vague impression de retrouver ma vie de tous les jours, comme cela m'était déjà arrivé juste après mon retour. Parfois, Thomas me tirait de mon profond sommeil, surpris de me découvrir à ses côtés, mais la plupart du temps j'ouvrais les yeux avant lui. J'émergeais lentement, en me sentant en terrain connu. Je flottais dans cet état entre sommeil et éveil où la conscience est encore brumeuse, où le monde n'a pas encore repris sa forme. Vous vous dites que tout est normal. Comme lorsque vous vous réveillez dans une chambre étrangère en vous croyant dans votre lit, avant de vous apercevoir que la porte a changé de place, que les draps ne sont pas les vôtres, que rien ne ressemble à ce que vous connaissez. Ou comme ces aubes de l'enfance où vous imaginez affronter une matinée tout à fait banale avant de vous rappeler que c'est votre anniversaire ou le réveillon de Noël. À moins que ce ne soit l'inverse : vous vous étirez, vous vous apprêtez à vivre une journée ordinaire, et vous retrouvez les angoisses et les soucis que la nuit avait momentanément effacés.

C'est ainsi que commençaient mes journées : par une aurore indécise. Par une lumière grise, des pépiements d'oiseaux, un bruit de pluie. Par le frottement des draps contre la peau, un léger souffle de vent dans les arbres, un bruissement matinal. Dans mes souvenirs, c'est un monde sans profondeur de champ. Non pas comme dans un rêve ; il s'agit plutôt d'une oblitération partielle de la conscience. On est réveillé, on perçoit le monde alentour, on voit, on est tout ouïe. On est une sorte de sentinelle, on observe, mais on ne saisit que son environnement immédiat. Le reste est relégué à l'arrière-plan. Comme si la journée se présentait toute nue, sans apprêt, sans qualités. C'est le matin. Le matin dans son plus simple appareil.

Cela dure quelques instants. Je flotte dans une sorte de brume, je devine la chambre autour de moi, je sens la présence de Thomas ; il bouge dans son sommeil, à moins qu'il ne soit à moitié réveillé. Je tends la main, je perçois la lumière du matin, je distingue les meubles, la porte donnant sur le palier. Les détails se font plus précis, je me rappelle ce qui s'est passé. Le temps s'est détraqué, mais les journées se succèdent : cinq, six ou sept, huit, dix ou douze. Je comprends que la matinée vient d'éclore et que ce sera encore le dix-huit novembre.

Je ne sais pas ce qui se passe. Est-ce que la nuit abolit le temps ? Est-ce que le sommeil engloutit le passé et l'avenir pour les faire ressurgir au moment du réveil ? Est-ce que les mots s'effacent pour ne laisser que le contour des objets ? Est-ce que le langage se referme, nous empêchant de désigner autre chose que nos perceptions immédiates : ici, maintenant, jour, lumière ? On se réveille peut-être sans langage. Ou avec des phrases rudimentaires : *C'est le matin, il fait jour, je viens de me réveiller.*

Je n'en sais rien. Mais, chaque matin, tout se passait de la même manière. J'ouvrais les yeux aux côtés de Thomas, une lumière grise filtrait à travers les rideaux, je sentais les draps contre ma peau, je percevais un léger bruit de pluie, j'entendais le souffle du vent et je savais vaguement que la matinée allait se transformer en un nouveau dix-huit novembre.

Je réveillais Thomas sans le brusquer. J'essayais de le maintenir dans le présent aussi longtemps que possible, mais ses souvenirs finissaient toujours par revenir. Se rappelant que j'étais à Paris, ou plutôt que j'aurais dû y être, il était pris d'étonnement.

Je lui racontais à mi-voix ce qui s'était passé. Je sentais son inquiétude. Quand je le dévisageais, son regard devenait perçant. Pour l'apaiser, je devais me détourner de lui. Ou m'approcher en baissant encore la voix. Je lui chuchotais qu'il ne s'était rien passé. Ou presque. C'était une simple rupture du temps. J'étais de retour, nous étions ensemble, il n'y avait ni morts ni blessés. Rien de tragique : aucun accident, aucune catastrophe, pas d'ambulances ni d'enterrements. D'ailleurs, la brûlure de ma main était en train de guérir.

Thomas n'a jamais mis mes paroles en doute. Comment aurait-il pu le faire ? Je pouvais lui apprendre à quel moment la pluie allait cesser, à quel moment elle allait reprendre, je pouvais lui annoncer qu'à dix heures quarante et une précises le facteur arriverait sous une légère averse, qu'une mésange à longue queue se mettrait à sautiller sous le pommier quelques instants plus tard, qu'à dix-sept heures quatorze notre voisin apparaîtrait sous une pluie battante, longerait la clôture, s'engouffrerait entre notre maison et la sienne et se précipiterait chez lui. De la fenêtre du bureau nous le verrions pousser le portail de son jardin, courir dans l'allée en évitant les flaques d'eau et ouvrir sa porte avec la clé qu'il tiendrait déjà à la main, puisqu'il aurait sorti son trousseau pendant le trajet.

C'étaient des journées étranges. Nous nous réveillions, nous promenions, prenions un café quelque part. Et jamais ou presque nous ne nous quittions du regard, tels de jeunes amoureux ou des personnes souffrant d'une myopie sévère. Nous recherchions ce vertige, ce brouillard qui abolissaient la distance entre nous. C'étaient des éléments essentiels de notre journée, de cet espace de lumière où nous errions dans un état brumeux.

Sans le faire exprès, j'ai réussi à prolonger ces matinées neutres et indécises. J'entretenais le sentiment de me réveiller dans une brume grisâtre. D'un jour à l'autre, je parvenais à y rester plus longtemps, et j'ai fini par la faire durer suffisamment pour qu'elle enveloppe tout : les draps, le corps de Thomas, le mur derrière le lit, l'armoire à l'autre bout de la pièce, les vêtements posés sur la chaise, la lumière de l'aube, le léger claquement d'un chapeau de cheminée bougeant sous le vent. Les bruits sont familiers, la matinée est encore tout à fait banale, rien n'est figé et je reste allongée. De petits fragments du monde pénètrent dans mon esprit et s'y dissolvent, une brève séquence de voix d'oiseaux, un merle bravant le temps gris ou un rouge-gorge profitant d'une éclaircie pour entonner son chant : trois ou quatre notes, puis six, sept ou huit qui se fondent dans mon brouillard à mesure qu'elles surgissent.

Inconsciemment, j'ai dû m'entraîner à maintenir ce flou. Cela donnait le ton à ma journée. Je me rappelle les matinées baignées d'une lumière douce et calme. Je me rappelle ce brouillard qui nous accompagnait jusqu'à tard dans la journée. Nous nous promenions dans un paysage vaporeux où seul apparaissait le contour des choses. La nature de ce que nous contemplions nous importait peu. Étaient-ce des buissons ou des arbres qui poussaient au bord du chemin ? Ces bâtiments devant lesquels nous passions, étaient-ce des maisons ou des granges ?

Ou alors nous vivions sous l'eau. Plongés jusqu'au fond de l'océan, nous scrutions avec précaution notre environnement. Nous montrions du doigt les poissons, les épaves, les ruines. Nous communiquions par gestes, nous ramassions les objets, les examinions attentivement et les déposions à l'endroit où nous les avions trouvés. Nous conduisions nos recherches avec une curiosité silencieuse que nous nous refusions à abandonner.

À moins que nous ne fussions des naufragés. Désemparés, échoués sur une côte inconnue, surpris d'avoir échappé à la mort, étonnés d'avoir la vie sauve, mais ignorant encore ce qui nous attendait en explorant le rivage.

Dans mes souvenirs, ce sont les jours les plus heureux que j'aie connus. Je me sentais aimée. Sur le canapé du séjour et par terre, dans le lit et à table. Ce n'était pas nouveau. J'avais déjà ressenti ce bonheur avant le dix-huit novembre, mais il était maintenant plus fort, car nous avions tout notre temps. Comme au début de notre liaison. Nous nous aimions avec plus d'intensité, mais peut-être aussi – je me le dis maintenant – avec une sorte de rage silencieuse – sauf que nous ne le voyions pas ainsi. Nos épidermes agissaient comme des conducteurs électriques, nos propos se confondaient. Dans l'espace entre nous se produisait une condensation, apparaissait tout un réseau de connexions. Je me sentais comprise. On écoutait les phrases que je prononçais, j'écoutais les paroles qu'on m'adressait.

Nous vivions dans deux temps différents, tout simplement. Dans deux temps qui débordaient, dans un lieu où confluaient deux fleuves. Une sorte de Mésopotamie, où le Tigre et l'Euphrate n'auraient été que deux termes distincts pour désigner l'eau. Nous étions heureux en Mésopotamie.

Nous avions trouvé notre rythme. Nous nous réveillions, j'expliquais ma présence, Thomas m'écoutait, s'inquiétait, s'habituait progressivement à l'idée. Quand il y avait une éclaircie, nous faisions une promenade ; dans l'après-midi, nous descendions jusqu'au fleuve. En fin de journée, il arrivait parfois à Thomas de voir le comique de la situation. Nous échafaudions des théories sur l'incapacité du temps à se maintenir dans le bon sens. Nous écoutions le vent et la pluie. Nous sortions dans le noir. À la bibliothèque de la rue du Vieux-Moulin nous empruntions des livres sur les univers parallèles et les mondes multiples. Nous lisions des histoires de labyrinthes, de poches temporelles, de boucles de causalités. Nous regardions des films sur les voyages dans le temps, sur les failles chronologiques. Nous nous faisions la lecture, nous réfléchissions, inventions des histoires, espérions voir le temps retrouver la raison. Nous nous égarions dans des hypothèses de plus en plus aventureuses : était-ce le sesterce romain, notre amour ou ma brûlure qui avaient ouvert un temps différent ? Y avait-il une explication naturelle, ou des forces occultes étaient-elles à l'œuvre ?

Cherchions-nous vraiment une explication ? Je n'en sais rien. Nous tournions en rond. Ce n'étaient ni les suppositions, ni les conjectures, ni les inspirations plus ou moins loufoques qui nous manquaient. Nous évoluions dans une nébuleuse de théories, d'observations, de modèles d'interprétation. Cela nous prenait en général en fin d'après-midi ou dans la soirée, quand Thomas commençait à s'habituer à l'idée. Quand nous étions assis face à face dans la cuisine ou allongés par terre, quand nous étions au lit, quand nous venions de manger ou de faire l'amour. Nos recherches changeaient constamment de direction, comme si nous nous livrions à une espèce de danse – une innocente et maladroite polka du savoir, une valse de l'étonnement, un joyeux ballet de découvertes, un fox-trot de faits et constatations, un tango de perquisitions où les partenaires ne chercheraient ni sortie ni lieu de repos.

Nous observions les choses. Nous entendions des branches frapper les vitres, un pot de fleurs bouger dans le vent, la pluie tomber plus fort puis s'arrêter, nous regardions les facteurs, les voisins et les enfants passer dans la rue. Nous faisions des courses en sachant que nous ne retrouverions pas certaines denrées le lendemain matin, car les objets avaient tendance à disparaître pendant la nuit. Ce n'était pas une règle absolue, mais nous nous refusions à examiner le phénomène de plus près. Des paquets de pain ou de biscuits se volatilisaient parfois, et nous les retrouvions le lendemain sur les rayons du supermarché. Les livres que nous venions d'emprunter retournaient sur les étagères de la bibliothèque. Des vêtements disparaissaient également ; je me souviens notamment d'une paire de collants que je n'avais même pas eu le temps de porter. Des événements se répétaient, rien n'allait de soi. Nous étions aux aguets, nous voguions de surprise en surprise, mais notre étonnement était passager. À vrai dire, je crois que les explications nous importaient peu. Nous étions prêts à accepter la première théorie venue, et à l'abandonner dès que nous en découvririons une autre.

Nous voyions apparaître des constantes, mais sans les vérifier. Les irrégularités nous surprenaient, mais nous finissions par ne plus y penser. Je croyais que nous étions deux à vivre cette expérience, mais en réalité j'étais la seule, car Thomas ne retenait rien de nos raisonnements, et le lendemain il fallait tout reprendre. Nos découvertes étaient futiles et nos explications hâtives. Nous n'accumulions pas les savoirs, rien ne restait gravé dans notre mémoire, il nous suffisait de nous ébrouer pour que les résultats de nos recherches tombent dans l'oubli. Mais il était tout aussi facile de les faire ressurgir si besoin était.

Souvent nous finissions par nous dire qu'on ne pouvait pas tout savoir, qu'il fallait prendre notre parti des irrégularités et accepter quelques anomalies. Et c'était bien cela que nous découvrions : des constantes et des irrégularités, deux mondes qui cherchaient à s'imbriquer.

Nous avons poursuivi nos efforts pendant quelques semaines. Ou pendant une série de jours correspondant à quelques semaines. Soixante-trois jours, peut-être. Soixante-quatre. Ou soixante-cinq. Je ne m'en souviens plus. Je ne sais plus à quel moment le cours des choses s'est inversé.

J'avais compté les jours, mais chacun n'était qu'un trait dans un petit cahier que je gardais dans la cuisine. Au début, nous en parlions. Du nombre de jours, du nombre de traits. Mais j'ai fini par cacher le cahier dans un tiroir. Quand j'étais seule, je le sortais, marquais un trait et le rangeais à nouveau. Le nombre de jours n'était plus un sujet de conversation. Pas question de les laisser s'intercaler entre nous : j'ai enfermé dans un tiroir la distance qui nous séparait.

Petit à petit, la précision est revenue. Je n'arrivais plus à maintenir le flou. Le brouillard s'est dissipé, les plongeurs sont remontés à la surface, les naufragés ont exploré le rivage. Et les journées sont devenues plus nettes. Sauf au réveil. Mes matinées commençaient comme avant. Je percevais l'espace autour de moi, je sentais la journée se déployer, je parvenais encore à faire persister cette brume grise où perçait le chant des oiseaux : quatre ou cinq notes, puis trois seulement, ou deux. Mais l'instant finissait par se briser, et mes souvenirs revenaient. Mes pensées avaient déjà exploré la chambre ; après avoir gagné le rebord de la fenêtre, elles s'étaient envolées vers les oiseaux dans les arbres, vers les rues et les maisons où les gens s'apprêtaient à s'enfermer dans le dix-huit novembre, à obéir à un schéma prédéfini malgré leur certitude de vivre cette journée pour la toute première fois.

Ma matinée retrouvait sa profondeur de champ, son horizon précis. Mais je ne voulais pas d'horizon ; je voulais une lumière grise, un temps suspendu, sans souvenirs, sans projets. Or, ce n'était plus possible. Quelques notes d'un chant d'oiseau, des meubles dont la silhouette se dessinait clairement, une journée dont le cours ne s'arrêterait plus. L'air était limpide ; au lieu de percevoir vaguement les draps, la chambre et la douce lumière matinale, je voyais les objets redevenir nets, s'apprêter à jouer leur rôle d'accessoires du dix-huit novembre. Allongé à mes côtés, Thomas n'était plus mon compagnon endormi dans une aube indéfinissable. Jour après jour il s'éloignait de moi. Je n'avais pas encore perdu l'homme que j'aimais, mais il me faudrait bientôt affronter son regard surpris, car la matinée n'avait rien d'ordinaire. Je n'étais plus Tara, plongée dans un demi-sommeil, diffusément vivante et paisiblement heureuse ; je retrouvais le temps détraqué et il ne me restait plus qu'à tout expliquer à Thomas. Je verrais son inquiétude et m'empresserais de le rassurer : j'étais là, nous étions réunis, il n'y avait ni morts ni blessés. J'étais rentrée, il ne s'était rien passé, nous étions en vie, il y avait simplement un léger dysfonctionnement du temps.

J'avais perdu ma brume matinale. La journée se présentait avec netteté, en couleurs, entièrement vêtue. Parfois dès mon réveil, parfois au bout de quelques instants : désormais je ne pouvais rien faire pour l'en empêcher. Elle devenait le dix-huit novembre # 68, # 69, # 70, # 71.

La netteté a fini par m'accabler. Il n'y avait pas de circonstances atténuantes. J'ai essayé de tout expliquer à Thomas, mais mes explications sonnaient faux. Je lui disais qu'il n'y avait ni morts ni blessés. Que ma brûlure avait guéri, qu'il n'en restait plus qu'une petite cicatrice rouge. Qu'il ne fallait pas s'alarmer. Mais il y avait une inquiétude dans ma voix. Je voyais clair, je voulais comprendre, je ne pouvais plus me cacher dans le brouillard, j'étais sans défense. Et je me sentais seule.

Alors je me suis réfugiée ici. Un matin où, dès mon réveil, les souvenirs étaient revenus. J'avais retrouvé la chambre familière, la lumière grise, l'aube tranquille, les oiseaux dont je reconnaissais désormais les voix automnales et les brèves séquences de chant. Mais tout m'était apparu sans le filtre protecteur du sommeil. Ce devait être le jour # 76, car j'ai marqué le trait quotidien avec un stylo-bille que j'ai trouvé ici, dans la chambre d'amis. Dans cette pièce donnant sur le jardin, le pommier et la pile de bois.

Soixante-seize jours, c'était trop. La distance était trop grande. Debout dans la cuisine, mon cahier à la main, j'ai compris qu'il y avait trop de journées entre nous. J'ai cherché le crayon que je rangeais dans le tiroir avec mon cahier, mais il n'y était pas. J'ai regardé la colonne de traits et il m'a soudain paru impossible de chercher un autre crayon, de marquer un autre trait, de remettre le cahier dans le tiroir et de réveiller Thomas pour lui dire que j'étais de retour, qu'il n'y avait ni morts ni blessés, rien de grave, seulement une série de journées venue s'intercaler entre nous. Je ne voulais pas replonger dans nos répétitions. Le brouillard s'était dissipé, le paysage se dessinait avec netteté et ma journée n'était pas la sienne.

J'ai effacé mes traces. J'ai ramassé mes livres et mes vêtements, descendu l'escalier sans faire de bruit et rangé la cuisine. Toujours sans bruit, ou presque. J'ai rincé la bouteille en plastique restée dans mon sac et l'ai remplie d'eau. Puis j'ai glissé les livres dans le sac et suis allée chercher mon cahier plein de traits. La maison était silencieuse. J'ai mis mon sac en bandoulière, je suis sortie dans le couloir, j'ai pris mon manteau et mes bottes, j'ai pénétré dans la chambre d'amis et j'ai refermé la porte derrière moi.

J'ai passé cinq jours allongée sur le lit. Je ne sais plus exactement ce qui s'est passé pendant ce temps : à force de vouloir retenir le bonheur comateux des matinées indéterminées, j'avais épuisé mon cerveau. Mais je garde le souvenir d'interrogations interminables et lancinantes. Ma conscience bouillonnait de raisonnements sans queue ni tête, mes pensées remuaient avec fureur les détails et les modèles d'explications, je faisais défiler les faits et les données techniques, je m'échinais à récapituler les événements et incidents de tous mes dix-huit novembre.

Toutes les considérations auxquelles nous nous étions livrés, Thomas et moi, toutes les réflexions que nous avions laissées se dissoudre dans le brouillard se bousculaient maintenant pour m'abandonner dans un état de délire rationnel. Ma raison s'affolait : assaillie par les questions que j'avais refoulées, je voyais ressurgir tout ce que nous avions vécu pendant nos investigations.

Je connaissais déjà la journée qui se préparait. Je savais quel temps il ferait. Je faisais remonter dans ma tête des informations sur les passants que je voyais dans la rue. Je me rappelais les mouvements des oiseaux, le frémissement des arbres, la pluie qui se calmait par intermittence, le bruit d'un pot de fleurs bougeant dans le vent au coin de la maison.

De nouveaux détails surgissaient. Ma mémoire travaillait sans relâche, mon cerveau faisait réapparaître les bruits d'une série de journées absolument identiques : une personne déambulant dans la maison, des pas sur le parquet ou dans l'escalier, des tiroirs que l'on ouvre, un froissement de sacs en plastique, une main ou un bras frôlant un mur, le gargouillement des canalisations, des portes qui s'ouvrent et se referment. C'était une accumulation de mouvements, un empilement de faits, une succession de gestes prédéterminés baignant dans une interrogation perpétuelle, dans un ressassement logique, dans une sorte de fièvre engourdie. Tournant à vide, mes neurones classaient et organisaient les informations tel un ordinateur fonctionnant sans intervention humaine. Des zones de mon cerveau s'activaient en permanence, un processus de construction semblait s'y dérouler. Je souffrais, comme si on brisait ma journée en mille morceaux pour la rebâtir selon un nouveau modèle. Ou pour créer un nouvel univers à l'aide des indices découverts sur les fragments.

Par moments, j'étais en proie à un épuisement presque total. Il surgissait tout à coup et me plongeait immédiatement dans un profond sommeil sans rêves. Et, au réveil, mon cerveau reprenait sans transition son travail de collecte et de traitement d'informations.

Je reconstituais ma journée. Je la reconstruisais autrement. Je me préparais peut-être à affronter une autre temporalité. Comme si on me faisait subir une reprogrammation neutre, un recalibrage des outils de la conscience : de nouvelles synapses se formaient entre mes neurones, de nouveaux récepteurs se créaient, de nouveaux neurotransmetteurs apparaissaient. On changeait ma perception du temps, mon cerveau s'augmentait d'ajouts, ou alors on y démolissait des constructions hors d'usage – je n'en sais rien. Je sais en revanche que j'étais une sorte de chantier de construction, une fourmilière, une ruche, un laboratoire en pleine activité. Je sais aussi qu'il m'arrivait de manger et de boire – pas beaucoup, mais j'ai dû avaler quelques biscuits, ainsi que des abricots au sirop datant de l'époque du grand-père de Thomas. Je suis probablement allée les chercher dans le réfrigérateur pendant la nuit, ou en l'absence de Thomas, je ne me rappelle plus. En revanche, je me souviens d'avoir rempli ma bouteille en plastique au robinet de l'évier. Je me souviens aussi d'être sortie par la fenêtre pour faire pipi derrière la remise du jardin, et je crois m'être promenée dans la maison quand Thomas n'était pas là. Mais je n'en suis pas certaine, car ma mémoire me joue des tours. Malgré cela, je n'ai pas oublié mon interminable ressassement. Tout ce que j'avais vécu depuis mon premier dix-huit novembre se condensait dans mon cerveau, se superposait dans ma tête : les journées que nous avions passées ensemble, celles que Thomas avait perdues pendant la nuit, celles que j'avais voulu fuir, mais qui restaient gravées dans ma conscience.

Le brouillard s'était dissipé. L'étrangeté était finie. J'ai compris qu'à la longue je ne parviendrais plus à retenir la lumière indécise de l'aube. J'avais gardé à distance le passé et l'avenir, j'étais restée en veilleuse, mais les matinées sans qualités avaient disparu. Je ne retrouvais plus le temps où nous plongions au fond de l'océan. Le brouillard m'avait apporté le plus grand des bonheurs, mais il exige – je m'en aperçois aujourd'hui – que l'on consente à rester d'une naïveté absolue, à errer dans les demeures de la stupidité, à se laisser enfermer dans la douce étreinte de l'apathie.

Pendant cinq jours je suis restée allongée sur le lit de la chambre d'amis. Puis je suis revenue à moi. C'était le jour # 81. J'ai vu cinq traits au stylo-bille dans mon cahier. J'ai un vague souvenir de les avoir tracés machinalement, debout devant la table. Sans doute le matin, quand Thomas n'était pas là – mais je n'en suis pas sûre. Assise au bureau, j'ai compté les traits et j'ai écrit # 81 au lieu d'en ajouter un. Comme si j'avais besoin de précision. Comme s'il me fallait compter les jours, les uns après les autres. Je devais leur donner un numéro. Je ne pouvais plus me contenter de traits.

À mon réveil, mon cerveau avait repris son travail incessant. Mais des mots apparaissaient maintenant dans mes pensées. Des expressions comme *délire rationnel* et *ressassement logique* surgissaient dans le bourdonnement de ma tête.

J'ai fini par prendre conscience de ce qui m'entourait. J'ai découvert que j'étais allongée sur le lit, j'ai entendu la pluie frapper contre la vitre. Puis j'ai senti une vague odeur de transpiration, de dents pas lavées, de vêtements sales. J'ai regardé partout avant de comprendre que cela venait de moi. Je me rappelle que j'avais froid. J'ai pensé que Tara Selter était là, qu'elle avait froid. L'expression *fraîcheur du matin* m'est apparue. Quelques instants plus tard, j'ai entendu Thomas descendre l'escalier et j'ai compris que rien n'avait changé. Je savais à quel moment il allait ouvrir le robinet, remplir la bouilloire et la poser sur la cuisinière.

J'y suis allée dans l'après-midi, pendant l'absence de Thomas. Je l'avais entendu mettre de la musique dans le séjour avant de ramasser ses lettres et ses paquets et de quitter la maison. J'étais une autre. Ma tête s'était calmée, j'avais faim, il me fallait prendre un bain. Je suis montée à l'étage. Après avoir fait ma toilette, j'ai mis des vêtements propres et je suis descendue à la cuisine. J'ai mangé une tranche de pain.

Dans le tiroir à légumes j'ai découvert une poire qui devait être là depuis mes jours de brouillard. Je l'ai coupée en deux, puis en quartiers et je l'ai mangée sans me presser. Ensuite, je me suis installée dans le séjour pour attendre Thomas. Je connaissais sa journée. Je savais qu'il rentrerait quand la pluie aurait repris, mais j'avais des doutes sur le moment exact.

Quand la pluie a commencé à tomber dru, j'ai vu notre voisin longer la clôture. Quelques instants plus tard, Thomas est apparu, trempé et sans parapluie. Me précipitant dans le couloir, j'ai allumé la lumière et ouvert la porte.

Nous nous sommes retrouvés face à face, et il m'a regardée d'un air surpris. En le débarrassant de son pardessus trempé, je lui ai expliqué que j'étais de retour. Je suis allée lui chercher un gilet dans notre chambre, j'ai préparé du thé et nous nous sommes installés dans le séjour. Je lui ai parlé de Paris, de Philip et de Marie, des livres disparus, du sesterce. Je lui ai raconté nos étranges journées embrumées, la dissipation du brouillard, l'apparition des matinées claires à l'horizon défini. Je lui ai avoué les traits marqués dans mon cahier, mon séjour dans la chambre du fond. Je lui ai dit que j'étais une autre. Qu'il s'était passé quelque chose dans ma tête. Je l'ai pris par le bras pour l'emmener dans la chambre d'amis. Mon odeur y persistait toujours. Des paquets de biscuits traînaient par terre, ainsi que des bocaux d'abricots vides. Je l'ai supplié de m'aider. Je lui ai montré le cahier avec sa longue colonne de traits au crayon et ses cinq traits au stylo-bille suivis de l'annotation # 81. Je lui ai expliqué qu'il me fallait dompter le temps, comprendre son fonctionnement. Je lui ai parlé du ressassement logique, du chantier de construction, du travail de terrassement mental, de la collecte de bruits, du traitement de données de mon cerveau. Je lui ai précisé qu'il me fallait trouver la faille du temps, comprendre comment j'en avais été éjectée, chercher un moyen de renouer avec sa progression. Il pourrait sûrement m'aider, ai-je dit.

J'ai vu qu'il me croyait. Je n'étais plus la même. Comme si, dans ma tête, on avait ouvert un chemin, posé des dalles, défriché les broussailles, construit une route, déblayé la neige ou je ne sais quoi. De toute manière, je devais aller de l'avant. Je devais trouver des réponses, une explication, un moyen de m'en sortir. Si j'arrivais à percer les mécanismes du temps, je parviendrais peut-être à remettre la journée sur ses rails.

Nous avons passé vingt-sept jours à examiner la mécanique de la journée. À mon réveil, tout était net, le jour était pourvu d'un premier plan, d'un plan intermédiaire et d'un arrière-plan. Avant même d'ouvrir les yeux, je savais ce qui s'était passé. Je me levais, descendais au rez-de-chaussée, réunissais mes observations du jour précédent, réveillais Thomas et lui expliquais tout. Je résumais nos investigations, lui présentais nos principales conclusions. Il devait m'aider. Le brouillard s'était dissipé, il n'y avait plus moyen de s'y fondre. J'insistais sur les questions que je me posais. Comment les dégâts étaient-ils survenus ? S'agissait-il d'un incident explicable ou d'un événement purement fortuit ? Où se situait la rupture du temps ? Qu'avais-je fait le jour où le temps s'était détraqué ? Y avait-il un coupable ? Quelqu'un avait-il commis une faute ? Et, si oui, laquelle ?

Il ne s'était pourtant rien passé d'extraordinaire le dix-sept novembre. J'étais allée à Bordeaux, j'avais acheté des livres à une vente et j'étais remontée à Paris. Le dix-huit novembre il ne s'était rien passé d'extraordinaire non plus. Je m'étais réveillée, avais pris mon petit déjeuner, lu le journal, vu une tranche de pain tomber par terre. J'avais de nouveau acheté des livres et en avais glissé deux dans mon sac. J'avais rendu visite à un ami – à deux amis, plutôt –, je m'étais brûlé la main, j'avais téléphoné à Thomas et dormi avec des glaçons.

Nous n'avons pas pu localiser le défaut. Nous n'avons pas découvert pourquoi le temps s'était détraqué. Il n'y avait aucune raison. Je n'en voyais pas, et Thomas non plus. Il y avait des constantes, mais aussi des irrégularités. Thomas était l'élément constant. L'instabilité, c'était moi.

Dès le premier jour, j'ai compris que mon corps n'était pas immuable. La brûlure à ma main changeait en même temps que moi : la petite blessure douloureuse avait rapidement rougi et commencé à suinter, puis une croûte s'était formée avant de laisser place à une cicatrice qui n'a cessé de diminuer et a presque fini par s'estomper. Le lendemain de ma visite chez Philip, je ne m'étais pas réveillée avec une main indemne. Ma blessure évoluait de façon parfaitement prévisible, elle traversait le temps en se transformant petit à petit. Et le temps agissait aussi sur ma peau, ainsi que sur mes cheveux. Dans la glace de la salle de bains, j'ai remarqué qu'ils avaient poussé. Assez pour que je m'en rende compte. En revanche, mon visage m'a semblé identique. S'il y avait des changements, ils étaient indétectables. Ce qui n'était pas le cas pour mes cheveux.

C'était assez compréhensible : les jours se suivaient, les blessures guérissaient, les cheveux poussaient, le temps passait et mon corps évoluait avec lui. Ainsi, un matin, je me suis aperçue que mes ongles étaient trop longs. Je me voyais vaguement en train de manier un coupe-ongles dans la salle de bains, mais ce devait être pendant les jours de brouillard, car mes souvenirs étaient gris et flous. Maintenant, en revanche, tout était clair et net, et j'ai fini par les couper à nouveau, lentement, au-dessus du lavabo. Car ils avaient repoussé comme si le temps existait. Et c'étaient de petits fragments de durée que je débitais et faisais disparaître dans la bonde.

Mais Thomas était toujours le même. Chez lui, rien ne changeait. Des journées que nous avions passées ensemble, aucune n'était restée gravée dans sa mémoire, aucune n'avait marqué son corps. Elles disparaissaient pendant la nuit, s'envolaient sans laisser de traces. Nous vivions dans deux temps différents. Ce n'était pas seulement une affaire de mémoire : cela concernait aussi nos corps.

Les objets étaient plus imprévisibles. Les livres achetés le dix-sept novembre étaient restés sur la table de ma chambre d'hôtel, mais les errements de l'*Histoire des eaux potables* et de *Heavenly Bodies*, achetés le dix-huit, demeuraient énigmatiques. Je n'arrivais pas à m'expliquer pourquoi ils avaient d'abord réintégré les étagères des libraires, ni à comprendre pourquoi j'avais pu les garder auprès de moi dès le jour suivant. Certes, je les avais cachés sous mon oreiller, mais au bout de quelque temps j'ai fini par les retrouver à l'endroit où je les avais posés. Par crainte de les voir disparaître, j'avais d'abord refusé de m'en séparer ne serait-ce qu'une seconde, mais ils se trouvent maintenant sur la table basse du séjour. Comme s'ils avaient toujours été là, ou s'étaient entraînés à ne plus bouger.

Ces irrégularités nous intriguaient. Certains objets retournaient à leur place originelle. J'avais retrouvé dans l'arrière-boutique de Philip Maurel l'appareil de chauffage et la bonbonne de gaz recouverts d'une couche de poussière intacte. Et le sesterce romain avait disparu. Je l'avais cherché en vain, et j'étais persuadée qu'il avait réintégré son écrin sur le comptoir de Philip. Mais, dans ce cas, comment expliquer que mes vêtements, mon sac et toutes mes affaires ne soient pas retournés dans la chambre d'hôtel où j'avais passé la nuit du premier dix-huit novembre ? Mes affaires étaient toujours là, je les récupérais à l'endroit où je les laissais. Le premier soir mon sac était resté dans le séjour, ensuite je l'avais posé dans un coin de la chambre et il est maintenant à côté de moi, appuyé contre le mur. Et les livres sont sur la table du séjour. Malgré les irrégularités, je peux les garder auprès de moi, les faire entrer dans ma temporalité et les empêcher de bouger.

De tout cela, nous n'avons pas réussi à dégager un modèle intelligible. Or, il me fallait un schéma précis ; autrement, je ne pourrais pas le rompre. Mais les ambiguïtés étaient trop nombreuses pour nous permettre de percer les mécanismes de la journée. Il y avait trop de zones grises, trop de questions sans réponses.

De toute évidence, j'emmagasinais les dix-huit novembre successifs, alors que les autres les oubliaient. Mes souvenirs ne sont plus très précis ; les journées se confondent dans une sorte de brouillard, mais elles n'ont pas disparu.

Je me rappelle que nous laissions des traces. Nous épuisions certaines denrées : notre marque de café habituelle était devenue introuvable. Nous avons fini par en acheter une autre, mais c'était nous qui avions bu tout le café du petit supermarché de la rue Clémentine-Giroux. Et c'était nous qui avions mangé le chocolat à l'orange. Il n'y en avait plus ; je me souviens que cela m'avait surprise. Finalement, nous nous sommes rabattus sur d'autres variétés : du chocolat noir, à la menthe, au caramel.

Parfois les objets revenaient à leur place originelle. Nous avions acheté le dernier bocal d'olives du supermarché. Nous l'avions rangé dans le placard de la cuisine, mais le jour suivant il avait disparu et nous l'avons retrouvé dans le magasin. Je crois que nous l'avons racheté et avons mangé quelques olives au déjeuner, et il me semble que le bocal était encore dans le réfrigérateur le lendemain. Mais je n'en suis pas certaine, car nos journées étaient brumeuses et nous n'avions pas la tête à vérifier ce genre de choses.

Nous n'avions pas non plus consulté notre compte en banque. Quand nous nous sommes décidés à le faire, nous avons constaté qu'il affichait chaque matin le même solde. En fin de journée, nos achats figuraient bien sur le relevé, mais le lendemain ils avaient disparu. Et il n'y avait aucune trace de nos conversations sur le téléphone de Thomas. Dans le train entre Lille et Clairon j'avais également eu des problèmes avec le mien, et j'ai fini par me retrouver sans téléphone. Comme il ne me servait plus à rien je n'y ai pas attaché d'importance. Nos matinées étaient brumeuses et nos journées pluvieuses, nous avions d'autres préoccupations et changions de sujet dès que les irrégularités du temps revenaient sur le tapis.

Mais je n'avais plus envie de changer de sujet. Je voulais savoir. Je voulais une réponse. Thomas hésitait. J'insistais. Nous faisions des achats et posions nos courses dans la cuisine. Nous ouvrions les paquets ou les rangions sans y toucher. Nous tenions nos comptes, nous observions ce qui se passait. En général, les denrées non entamées disparaissaient pendant la nuit, et nous les retrouvions dans les magasins où nous les avions achetées. Le soir, nous en transportions parfois dans notre chambre. J'ai laissé un bocal d'olives sur le rebord de la fenêtre et glissé une brosse à dents sous mon oreiller sans en défaire l'emballage. Le jour suivant, la brosse à dents était toujours là dans son emballage, mais le bocal d'olives avait disparu. Tout comme le sachet de thé que Thomas avait rangé dans le placard.

Manifestement, la journée revenait à son point de départ. Cependant, il y avait des variations. Rien n'était figé : les choses se répétaient, mais pas de façon systématique. Je me souvenais, Thomas oubliait. Je bougeais dans le temps, Thomas restait immobile. Les objets obéissaient à des schémas différents. Ce n'était pas univoque – ils paraissaient hésiter, comme s'ils ne parvenaient pas à choisir. Ils semblaient balancer entre un éternel retour et un temps qui progressait.

Nous avons longuement cherché le moment exact où la journée faisait demi-tour. Nous ne l'avons pas trouvé. Ce n'était pas à minuit. C'était peut-être au petit matin, mais nous n'avons pas pu découvrir cet instant magique où tout s'inversait. Il ne se produisait pas quand l'horloge sonnait douze coups, ni à deux heures moins dix, ni à quatre heures trente-cinq. Rien n'était précis, il n'y avait aucune règle.

Tous les matins, je réveillais Thomas, lui racontais ce qui s'était passé, le suppliais de m'aider. Je m'étais installée dans un temps différent. Mon cerveau avait dû être reconfiguré. J'avais besoin d'aide. Je ne m'en sortirais pas toute seule. Il fallait chercher une explication. Thomas devait y réfléchir avec moi.

Une des premières nuits après mon retour, nous avons réussi à rester éveillés. Thomas a pu m'accompagner jusqu'au jour suivant. À minuit il ne s'est rien passé, Thomas était toujours avec moi, se souvenait de notre journée, se rappelait que nous étions dans la nuit succédant au dix-huit novembre. Pas dans la nuit du dix-sept au dix-huit.

À une heure, il ne s'était toujours rien passé. À deux heures non plus. À trois heures nous avons commencé à ressentir la fatigue, mais nous nous étions juré de ne pas nous endormir. Nous nous sommes préparé un repas. Nous avons bu du café et fait l'amour. Nous nous sommes fait la lecture et avons pris un bain. En déambulant dans la maison, nous nous emboîtions le pas. Nous nous parlions en descendant l'escalier ; en remontant, nous nous tenions par la main. Nous ne nous lâchions pas du regard. Nous étions concentrés. Nous bougions au même rythme, faisions tout de concert. Nous étions des jumeaux siamois, nous formions un attelage de chevaux, une équipe de bûcherons coupant un arbre. C'est ensemble que nous voulions quitter ce dix-huit novembre et aborder le prochain. Toute mon attention était fixée sur Thomas : il fallait qu'il sente ma présence.

Peu après cinq heures il a dû avoir un moment d'inattention. Ou alors c'est moi qui ai cédé à la distraction. En tout cas, il croyait avoir dormi. Nous étions allongés dans le séjour, sur le tapis à motifs noir et blanc. Il s'est détourné un instant, alors que je caressais sa peau nue, et il a soudain eu un sursaut, comme s'il était sur le point de sombrer dans le sommeil. Mais je pense qu'il est resté éveillé, car il a terminé la phrase qu'il était en train de prononcer. Puis il s'est tourné vers moi. L'air confus, tel un somnambule qu'on vient de réveiller, il m'a demandé quelle heure il était. Et quel jour. Est-ce que nous avions bu quelque chose ? Il ne se sentait pas bien. Un peu plus tard, il a voulu savoir quand j'étais rentrée. Il ne se souvenait pas de mon retour. Étais-je revenue plus tôt que prévu ? En pleine nuit ? Mon voyage s'était-il bien passé ?

Il ne lui restait plus aucun souvenir. Dans sa mémoire il ne retrouvait pas trace de notre bain, de notre café, de nos conversations somnolentes, de notre repas nocturne. Plus de jumeaux siamois, d'attelage de chevaux, d'ouvriers forestiers. Une distance nous séparait. Le temps s'était rompu, mais à quel moment ? Une légère inattention avait suffi à abolir le dix-huit novembre de Thomas. Sa mémoire avait de nouveau été purgée. Non pas par une longue nuit de sommeil : ce n'était pas une lente dissolution, son dix-huit novembre semblait être tombé dans une faille nocturne, dans un gouffre qui venait de s'ouvrir. Mais quand ? Nous étions incapables de situer l'instant précis où le temps s'était déréglé. Incapables d'expliquer ce qui s'était passé.

Je lui ai de nouveau tout raconté. Je lui ai dit que le temps s'était détraqué, que nous étions en train d'examiner le problème, que nous étions assaillis par les détails, que nous ne pouvions plus nous réfugier dans le brouillard. Qu'il devait m'aider, qu'il n'y avait ni morts ni blessés, seulement un temps plein d'énigmes et d'irrégularités. Une mécanique imprévisible, une équation floue avec trop d'inconnues.

Nous nous sommes endormis. Quand nous nous sommes réveillés, il était déjà tard. Thomas a émergé le premier. Il se rappelait tout ce que je lui avais raconté au petit matin. En revanche, il ne gardait aucun souvenir du jour précédent, ni de nos investigations nocturnes. Il ne savait que ce que je venais de lui dire : le temps s'était détraqué et il devait m'aider. Avant mon réveil, il avait déjà commencé à réfléchir à la situation.

Nous avons passé l'après-midi ensemble. Nous avons fait des courses. À notre retour, nous avons parlé des particularités du temps et j'ai de nouveau insisté pour chercher une explication à son défaut de fonctionnement.

La nuit suivante, nous sommes de nouveau restés éveillés. Notre attention était aiguisée, le sommeil réparateur nous avait remis d'aplomb. Nous avons noté nos observations sans omettre aucun détail. La nuit était déjà avancée quand nous avons fait cuire des œufs au plat. En les préparant, nous n'avons cessé de nous parler pour nous assurer que nos sens étaient toujours aux aguets. Tenant la poêle dans une main, je regardais Thomas y verser de l'huile, sortir les œufs, les casser et les étaler. J'observais ses mains. J'ai délicatement extirpé un morceau de coquille flottant au milieu du blanc. Nous contemplions les bulles formées par l'huile, la pellicule opalescente recouvrant le jaune, la lactescence du blanc en train de se figer. Nous nous sommes interrogés sur la quantité de sel et de poivre à ajouter. Nous nous sommes rappelé notre surprise, enfants, en découvrant un œuf à deux jaunes. Deux jaunes dans le bol ! En faisant la cuisine avec notre mère ou notre grand-père, on avait sans doute cassé un œuf particulièrement gros. Nous avons lancé l'idée d'élever des poules, le jardin était assez grand, nous pourrions construire un poulailler au fond du potager. Nous avons sorti les assiettes et les couverts du placard. Nous avons évoqué le bruit de la vaisselle, le choc du métal contre la porcelaine. J'ai baissé le feu, Thomas est allé chercher un dessous-de-plat, j'y ai posé la poêle et nous nous sommes attablés face à face.

Nous accumulions les observations. Nous étions concentrés. Nous nous fixions des yeux. Nous regardions la table, la poêle vide. Pendant dix minutes ou plus, nous sommes restés immobiles. Nous parlions des objets qui nous entouraient. Nous nous sommes demandé s'ils disparaissaient simultanément ou les uns après les autres. D'après Thomas, certains objets étaient sans doute déjà revenus à leur place originelle. Nous nous sommes proposé de le vérifier, mais nous n'avons pas bougé. Nous avons songé à installer des caméras pour surveiller les changements. Nous avons parlé de l'amour. L'amour pourrait-il faire bouger les choses ? Pourrait-il nous sortir de là ? Nous faire réintégrer le temps ?

À un moment, la poêle a disparu. Je me suis figée un instant, j'ai regardé autour de moi, mais elle n'était nulle part. Je me suis levée, et j'ai entendu Thomas pousser une exclamation. Il se demandait ce qui se passait. Il était inquiet. Il n'était ni somnolent ni fatigué. Seulement inquiet. Il ne savait plus ce qu'il faisait dans la cuisine. Il s'était couché le dix-sept au soir, quelques heures après notre conversation téléphonique. Et maintenant il était dans la cuisine. J'aurais dû être à Paris. Je cherchais du regard une poêle.

Je me suis assise en face de Thomas et je lui ai expliqué ce qui s'était passé. Pendant que je lui faisais parcourir le long trajet entre mon premier dix-huit novembre et les œufs au plat que nous venions de manger, j'ai vu l'angoisse le saisir, d'autant qu'il n'avait pas l'impression d'avoir avalé quoi que ce soit. En réalité, il avait même un peu faim. J'ai insisté. Je lui ai montré la boîte où il ne restait plus que quatre œufs. J'ai sorti le ticket de caisse du dix-huit novembre pour l'achat d'une boîte de six. Mais la poubelle ne contenait pas la moindre coquille. En revanche, la cuisinière gardait encore un peu de chaleur, et j'avais bien retrouvé le ticket dans mon sac. Les irrégularités étaient trop nombreuses, nous étions incapables de dégager un modèle intelligible.

Pour la première fois, cela m'a paru effrayant. Pas seulement troublant, étrange et légèrement inquiétant, mais effrayant, absurde et pénible. Le brouillard avait complètement disparu. Cela n'avait rien à voir avec le malaise provoqué par une tranche de pain s'écrasant par terre, ni avec la découverte d'une zone grise entre Thomas et moi. Nous n'étions plus des promeneurs dans un champ de brume, nous n'étions ni plongeurs ni naufragés, nous avions cessé d'être des jumeaux, notre équipe de forestiers s'était dissoute, l'attelage de chevaux s'était volatilisé et il n'était plus question d'œufs à deux jaunes. Si nous étions en Mésopotamie, les fleuves portaient désormais un nom et avaient réintégré leurs lits respectifs. Il y faisait un temps clair, le soleil était brûlant, les cours d'eau se desséchaient, des formations de troupes évoluaient sur les berges, des silhouettes aiguës y patrouillaient, on entendait des bruits de métal. Nous vivions dans deux temporalités différentes et nos divergences n'étaient plus escamotables. Nous occupions deux territoires voisins, il y avait des conflits frontaliers, des transactions incontrôlables entre les deux zones. Nous étions des amants dans un paysage de guerre, Thomas n'avait aucun souvenir de nos journées partagées, nous avions perdu nos inondations et nos matinées de brume, nous ne pourrions plus marcher de concert, il n'y avait plus rien de double, de flou, de parallèle. J'étais incapable d'y voir clair, ne distinguais aucun modèle intelligible et cherchais en vain une sortie.

Encore une fois, nous avons vainement essayé de trouver un sens au défaut du temps ; encore une fois, nous nous sommes couchés ; encore une fois, Thomas s'est réveillé en se rappelant seulement nos discussions au petit matin. La confusion qui nous avait saisis dans la cuisine, mon récit, mes longues explications, mon résumé détaillé de nos investigations étaient restés dans sa mémoire. En revanche, il avait oublié notre soirée. Tout était effacé, englouti dans une faille de la nuit.

Les jours se suivaient et se ressemblaient. Je me réveillais en sursaut en me rappelant instantanément ce qui s'était passé. Je me redressais en regardant Thomas, qui dormait paisiblement à mes côtés. Je me levais, descendais au rez-de-chaussée, faisais des projets pour la journée. Je comparais mes observations de la veille à celles des jours précédents. Je traçais des diagrammes, établissais des schémas, dessinais des figures, dressais des listes. Je punaisais mes fiches sur le mur du séjour et soulignais les problèmes en rouge ou en vert.

Puis je réveillais Thomas et lui racontais tout. Je voyais son inquiétude. Il hésitait. J'insistais. Nous surveillions le déroulement de la journée. Dans l'après-midi je lui présentais l'essentiel de mes observations, ainsi que le résultat de nos précédentes recherches. Je lui montrais mes dessins, mes modèles, mes schémas. Nous discutions des possibles explications, faisions des graphiques, alignions des colonnes, rédigions des aperçus, et le matin suivant il se réveillait comme si c'était son premier dix-huit novembre. De nouveau, il avait tout oublié. Il ne me restait plus qu'à lui raconter ce qui s'était passé et lui dire pour la énième fois où nous en étions de nos investigations.

Notre séjour s'est transformé en tour de contrôle. Les murs étaient recouverts de fiches et de graphiques.

Le tapis à motifs noir et blanc est devenu un lieu de débriefing et de mises au point. Les fauteuils près de la fenêtre étaient nos salles de repos ; ils nous servaient parfois pour faire une petite pause. Dans la journée, nous notions nos observations, consignions les faits ; dans la soirée nous en faisions la synthèse. Nous distinguions des détails et des variations. Nous découvrions des règles et des exceptions. Nous les soulignions, les effacions, mais nos recherches ne donnaient aucun résultat. Ou plutôt, elles en donnaient trop : des masses d'observations et de détails qui n'apportaient rien. Et des explications qui ne concordaient jamais.

À l'évidence, nous vivions dans deux temps différents. À l'évidence, j'étais la seule à m'en souvenir au commencement de la journée. Pour comprendre l'expérience que je voulais lui faire partager, Thomas devait d'abord écouter mon récit matinal. Pour le convaincre, je devais lui montrer les fiches, diagrammes et schémas punaisés dans le séjour. Mais la frontière séparant les deux temps était fluctuante. Le passage ne se faisait pas à heure fixe. S'il nous arrivait de cheminer ensemble jusqu'à tard dans la nuit, la synchronie finissait toujours par se rompre. Parfois les objets restaient auprès de moi, parfois ils retournaient à leur place originelle. Rien n'était prévisible ; dans certains cas, il me suffisait de les serrer contre mon corps. Il n'empêche : la mécanique du temps demeurait capricieuse.

Nous essayions de régler finement notre viseur. Nous dégagions des structures et des hypothèses que nous confrontions aux événements. Nous parlions des conceptions du réel, des dysfonctionnements de la conscience. Nous nous demandions si je générais du vécu fictif, ou si les autres étaient frappés d'une sorte d'amnésie. Avions-nous été emportés par une vague d'incohérence mentale ? Nous formulions des thèses et des antithèses. Nous nous renseignions sur la perception paratactique du temps et la chronométrie variable, nous découvrions des études sur les fractures temporelles et la récurrence aberrante. Nous nous plongions dans des articles sur les univers parallèles, les mondes multiples et les structures temporelles relatives. Nous lisions des récits sur la morphologie de la mémoire, sur des chronopathies amnésiques rares. Nous examinions les théories de la répétition et des défauts de la mémorisation. Nous observions les processus de notre conscience, les incidents de la journée, les objets du monde, les séquences du temps. Nous accumulions les postulats et les interprétations.

En réalité, ce n'étaient pas les explications qui nous manquaient ; nous en avions même trop. Mais nous étions incapables d'en trouver qui puissent à la fois supporter notre regard critique et couvrir l'ensemble de nos observations. Toutes nos recherches nous conduisaient à une impasse, nos réflexions nous laissaient aussi désemparés qu'avant. Il y avait trop de points faibles, trop d'incohérences, trop d'antinomies, trop de contradictions et de paradoxes. Dès que nous essayions de construire quelque chose, nos systèmes s'effondraient. Rien n'avait de consistance, les faits ne collaient pas avec les théories, nous ne parvenions ni à bâtir une structure rationnelle ni à nous reposer sur des modèles intelligibles. Nous en étions réduits à rejeter toutes nos interprétations, les unes après les autres. Quand nous nous égarions dans un cul-de-sac, nous revenions aux faits : Thomas obéissait aux lois de l'oubli, j'accumulais trop de journées dans ma mémoire. Thomas était prisonnier de l'éternité, je m'acheminais lentement mais sûrement vers la tombe.

Mon espoir de retrouver la normalité s'amenuisait de jour en jour. Thomas avait beau prétendre à son réveil que les dégâts n'étaient que passagers, le soir venu il avait cessé d'y croire. Nos journées de brouillard s'étaient évanouies, nous ne parvenions plus à traverser le dix-huit novembre en douceur. C'en était fini des plaisanteries sur l'imprévisibilité du temps, et nous avions fait notre deuil des heures passées à écouter la nuit, quand Thomas riait dans l'obscurité en m'entendant commenter les bruits et prédire de manière exacte à quel moment ils se produiraient.

La situation avait cessé de nous amuser. Il ne nous restait plus que nos recherches interminables, nos vaines tentatives de percer le mystère du temps, les questions auxquelles nous étions incapables de répondre. À un moment donné – souvent lorsque nous préparions le dîner –, nous renoncions à nos exégèses pour nous concentrer sur ce qui nous paraissait essentiel : qu'allions-nous devenir ? Pourrions-nous continuer à vivre ensemble ? Aurais-je le courage d'affronter Thomas tous les matins pour lui raconter une succession de journées qui ne cessait de s'allonger ? Aurais-je la force de lui fournir sans cesse de nouvelles explications, de lui parler des impasses, des châteaux de cartes écroulés, des passages impossibles à franchir ?

Je me rappelle pourtant que des lueurs d'espoir surgissaient parfois au milieu de tout ce fatras. Nous imaginions obscurément que les choses changeraient, que nous nous réveillerions enfin le dix-neuf novembre, que nous sortirions du tunnel en janvier ou février. Tôt ou tard, le temps retrouverait bien son éternelle progression, avait dit Thomas le premier soir. Et il nous arrivait de répéter cette phrase – sans ironie ni amertume, sans tristesse ni découragement, mais avec espoir. Un espoir familier, tout à fait banal. Parfois nous parvenions à nous glisser dans des nappes de brouillard, à recréer des instants semblables aux premiers jours, à retrouver le sentiment de comprendre le temps, de cerner le fond du problème et de nous acheminer vers une solution. Mais je savais en mon for intérieur que nous étions plongés dans un bourbier. Aucun chemin ne nous ramènerait à nos journées de brume ; nos fiches et observations ne nous permettraient jamais de trouver une explication valable.

J'ai passé vingt-sept jours auprès de Thomas avant de comprendre que je devais continuer toute seule mes investigations. Pour la première fois, il me fallait bâtir des projets sans lui. Je ne savais pas encore quoi faire, mais je ne pouvais pas continuer à lui raconter des variantes de plus en plus nombreuses d'une seule et même journée. Jamais nous ne pourrions partager le dix-huit novembre. Cette journée, je devais la supporter sans l'aide de personne.

Le soir même, pendant que Thomas se brossait les dents et se déshabillait, j'ai préparé mon sac et démonté la tour de contrôle. J'ai rangé nos fiches et nos schémas dans un carton. Profitant de son passage dans la salle de bains, j'ai transporté le sac et le carton dans la pièce du fond. J'ai mis de l'ordre dans la cuisine, qui a retrouvé l'aspect qu'elle avait au premier dix-huit novembre, quand Thomas y avait pris son petit déjeuner. J'ai cueilli quelques pommes que j'ai disposées dans un plat creux, vidé le réfrigérateur de tous nos achats et transvasé la moitié du sachet de thé dans une boîte que j'ai cachée derrière les paquets de farine.

Le matin suivant, je me suis installée ici. C'était le jour # 108. Réveillée avant l'aube, j'ai longuement écouté la respiration de Thomas, puis je me suis glissée hors du lit en lissant la couette de mon côté pour cacher que j'y avais dormi. Après avoir ramassé mes affaires, j'ai descendu l'escalier à pas de loup, ouvert la porte de la chambre d'amis et posé mes vêtements sur une chaise. Pour effacer tout indice de ma présence dans la maison, je suis allée chercher les livres dans le séjour, ramassant au passage quelques punaises et un feutre rouge tombés par terre. J'ai pris une tasse, une assiette et des couverts dans la cuisine, récupéré mon manteau et mes bottes dans l'entrée et fermé la porte derrière moi. À part un reste de chaleur dans le lit, je ne laissais aucune trace. D'ailleurs, la légère différence de température ne tarderait pas à s'estomper : à son réveil, Thomas ne sentirait musique, j'irai faire des courses au supermarché de la rue Clémentine-Giroux. J'achèterai du pain pour les oiseaux, je me dépêcherai de rentrer avant le retour de Thomas et je leur donnerai à manger. Je nourrirai les merles, les rouges-gorges, les mésanges charbonnières, les mésanges à longue queue et tous les autres. J'achèterai des graines et des boules de graisse et tout ce qu'on peut donner aux oiseaux qui ont faim, car j'ai mangé leur pain et je dois les nourrir, et après les avoir nourris je prendrai un bain et me préparerai une omelette ; il faut que je pense à acheter des œufs. Et aussi un réchaud électrique ; je pourrais le poser là-bas dans le coin. Les phrases ont peut-être le pouvoir de guérir. C'est le jour # 124. Demain j'écrirai # 125 et après-demain # 126. Je ne peux rien changer.

Aujourd'hui je suis attentive à mon humeur. Elle est variable. Le matin, je suis un peu ronchonne, ce doit être le manque de sommeil. Je regarde autour de moi. Mon désordre me fait sourire. Mes bottes traînent au milieu de la pièce, il y a des vêtements et des papiers partout, la table déborde de vaisselle sale, un crayon est tombé sous ma chaise, le sol est jonché de copeaux de bois laissés par le taille-crayon. Malgré ma fatigue, je ne suis pas mécontente. Se réveiller en découvrant son désordre n'est pas forcément désagréable. Si rien n'est rangé, il y a des raisons à cela : on a des choses plus importantes à faire.

S'il y a du désordre, c'est parce que j'ai passé la nuit à me souvenir. C'est parce que je vis dans le dix-huit novembre. La matinée est déjà bien avancée, plus rien. Et il aurait oublié mon irruption dans son dix-huit novembre.

Quelques heures plus tard j'ai entendu les pas de Thomas dans l'escalier. Il s'est réveillé dans l'oubli. Pour lui, la journée était normale. Alors que, pour moi, c'est le dix-huit novembre # 108.

124

Cette nuit j'ai veillé tard. J'ai éteint la lumière avant que Thomas ne monte dans la chambre, mais je n'ai pas fermé l'œil. Pour recommencer à écrire, j'ai attendu d'être certaine qu'il dormait. J'ai allumé la lampe et me suis installée à la table. Je ne sais pas combien de fois j'ai écrit dix-huit novembre, mais nous ne sommes toujours pas passés au dix-neuf. Je m'en rends compte en écoutant la journée. Ce sont toujours les mêmes bruits, c'est toujours la même journée. Tout m'est familier. Je reconnais le schéma du dix-huit novembre et je commence à m'habituer à l'idée.

Ici, il fait encore frisquet, mais Thomas a fait du feu dans le séjour, et une légère odeur de fumée s'infiltre sous la porte. Le mauvais tirage de la cheminée, la direction du vent ou une soudaine rafale rabattent la fumée, mais cela ne va pas durer. J'ai mangé le pain sec destiné aux oiseaux, et je n'ai plus de quoi les nourrir. Cet après-midi, quand Thomas écoutera de la et Thomas a dû sortir pendant mon sommeil. Je ne l'ai pas entendu. À présent je suis assise devant mes papiers. J'ai écrit que nous sommes le dix-huit novembre et que je m'appelle Tara Selter. J'ai le sentiment de ne plus être seule. Comme si quelqu'un m'écoutait. Mes journées n'ont pas sombré dans l'oubli. Elles existent. Mes journées existent sur le papier, elles n'ont pas été effacées pendant la nuit, le papier se souvient, j'y lis jour numéro tant ou le dix-huit novembre, mais jamais le dix-neuf.

Je note ce dont je me souviens : les journées qui se répètent, tout ce que je sais à propos du dix-huit novembre. Mais à présent je ne sais plus rien. Je me suis installée ici le jour # 108, et il ne s'est pas passé grand-chose depuis. Je me réveille le matin, je regarde la pluie, j'observe les oiseaux dans le jardin, j'écoute les bruits de la maison, je sors dès que j'entends Thomas mettre de la musique. Nous sommes le dix-huit novembre et il y a quelqu'un dans la maison, ai-je écrit un jour. La personne est toujours là, et la date n'a pas changé. Je suis arrivée à destination, je n'ai plus rien à raconter. De toutes ces journées passées à me souvenir, il ne me reste que mes papiers et le désordre de ma chambre.

Je n'ai plus rien à dire. Sur quoi que ce soit. Ou plutôt, je n'ai plus rien à dire sur Tara Selter. J'ignore ce qui m'arrive. Je ne connais pas l'avenir, mais je pense que rien ne changera. Cette journée sera comme les autres, la suivante également, et cela continuera ainsi. Un jour j'écrirai # 365, une année se sera écoulée et nous serons de nouveau le dix-huit novembre. Et alors, que se passera-t-il ?

Je n'en sais rien. Mais je sais quel temps il fera dans quelques heures. Je connais le déroulement de la journée, je peux parler des bruits de la maison, des oiseaux du jardin et des nuages de pluie, je peux dire que tel marchand de légumes sera présent cet après-midi au marché de la place Mignolet, que tant de clients feront la queue à trois heures trente aux caisses du supermarché de la rue Clémentine-Giroux, que telle personne montera les marches devant le café de La Petite Échelle à cinq heures moins dix. Mais j'ignore tout de mon propre avenir. Je sais simplement que je me suis réveillée dans la chambre donnant sur le jardin et la pile de bois, et qu'à ce moment-là j'étais d'une humeur différente. À mon réveil, j'étais d'une humeur bien précise. J'ai une humeur. C'est nouveau.

129

Il s'est donc bien passé quelque chose. Seule dans son dix-huit novembre, Tara Selter a une humeur. Une humeur qui apparaît presque tous les matins, ne dure pas forcément jusqu'à la fin de la journée, mais surgit bel et bien de manière perceptible. Aujourd'hui ne fait pas exception, je suis légèrement énervée, sans doute parce que je m'ennuie. Pourtant, ça me fait plaisir, car je vois des perspectives s'ouvrir devant moi. Des perspectives assez larges pour inclure une humeur. J'ai presque l'impression de sentir une présence. Être d'une humeur variable, c'est un peu comme si je dansais, mes jupes volent, je virevolte malgré le manque de place. La chambre est assez grande pour abriter une humeur variable. D'ailleurs, elle change de nouveau. La gaieté se répand dans la pièce.

136

Je ne dis pas que l'espoir m'a abandonnée. Mais je le croise plus rarement. Il a déménagé. Cela s'est passé sans drame, il n'a pas claqué la porte. On dirait un animal qui a découvert un autre terrain de chasse. Un chat qui s'est installé chez les voisins, une plante qui a semé ses graines dans un sol plus accueillant.

À la place, je me retrouve avec une humeur. C'est autre chose que l'espoir, mais ce n'est pas rien. Je me suis aussi procuré une bouilloire électrique et un réchaud. Je les ai achetés en ville, chez le quincaillier. Et je me suis offert une poêle. J'ai troqué l'espoir contre une humeur et une poêle.

Parfois je sens mon humeur remonter à la surface dès mon réveil. C'est rarement le cas de l'espoir. Je n'ouvre pas les yeux en me disant que c'est aujourd'hui. Que je viens peut-être de me réveiller le dix-neuf, que ce sera une matinée différente. Une matinée de décembre ou de janvier, par exemple. Je ne m'approche pas de la fenêtre en espérant que la météo a changé. Depuis un moment, j'ai cessé de penser en me couchant que le jour ne sera peut-être plus le même à mon réveil.

Je ne dis pas que l'espoir m'a abandonnée, je dis simplement qu'il vient plus rarement me rendre visite. Je ne peux pas l'attendre en étant certaine qu'il va surgir, je ne peux pas l'appeler, mais il revient parfois tout de même. De façon inopinée, sans prévenir. Comme cette nuit.

Parce que je suis sortie dans le jardin. Il était tard, j'avais envie de faire pipi, j'ai ouvert la porte et quitté la maison sans faire de bruit. Il faisait froid, j'ai traversé la pelouse pieds nus et me suis dirigée vers la haie en passant devant le pommier. Le ciel était presque entièrement couvert, j'ai fait pipi dans le noir, puis je me suis relevée pour regagner mes pénates. Et tout à coup les nuages se sont déchirés à l'endroit précis où se cachait la lune.

Cela n'avait rien d'inhabituel. En sortant dans la nuit, nous avions souvent vu la lune. Toujours au même stade : décroissante, légèrement oblique, prête à se transformer en nouvelle lune. Mais là, quand les nuages se sont écartés, elle était différente : plus penchée, comme si elle avait encore décru. Et j'ai perçu un espoir. Une lune changeant de phase, un temps qui se remettait en marche.

Malgré le froid je n'ai pas bougé, car un nuage est venu masquer la lune. Mais en réapparaissant elle était tout à fait semblable à celle que nous avions coutume de voir, et mon espoir s'est éteint. Il n'y avait aucun changement, c'était une erreur, la lune était celle du dix-huit novembre. Je suis rentrée. J'ai essuyé mes pieds mouillés sur le paillasson, regagné ma chambre sur la pointe des pieds et refermé la porte derrière moi sans faire de bruit.

Pourtant, je me suis dit que quelque chose avait changé. L'espoir que le temps se remettrait en marche, une surprise apparaissant en pleine nuit, une attaque à l'improviste, une lueur éphémère. Et l'instant d'après : plus rien.

J'ai senti mon humeur se manifester. D'abord sous la forme d'une tristesse, d'une légère noirceur de mes pensées – comme des ombres, mais flottantes, pouvant à tout instant basculer dans une discrète gaieté. De retour dans le lit je n'ai pas tardé à rire intérieurement. Était-ce moi ou le monde qui me paraissait ridicule ? Lorsqu'on est victime d'une farce, on se voit parfois de l'extérieur et on finit par trouver ça drôle.

Quand j'essaie de retrouver ce que j'ai ressenti cette nuit – l'espoir d'un changement et la déception en découvrant la même lune oblique –, je ne peux m'empêcher de penser que le monde me joue des tours. Je n'ai pas simplement le sentiment de m'être trompée : on m'a fait un poisson d'avril. Comme si, le temps de m'induire en erreur, la lune avait changé de physionomie pour reprendre aussitôt son visage impassible. Comment avais-je pu croire qu'elle était différente ? Je me le demande. L'idée de la lune se moquant de moi fait entrer un peu de gaieté dans cette chambre. Découvrant à quel point je suis facile à berner, je ris doucement. Une imbécile, victime d'un poisson d'avril céleste. Merci, lune.

146

J'ai trouvé un rythme. Je me réveille, j'entends Thomas s'activer dans la maison. Lorsque tout est silencieux, je me tiens tranquille. Je ne bouge que lorsque ses bruits me font disparaître. Pour mettre en marche ma bouilloire, j'attends qu'il monte à l'étage, ouvre le robinet de la salle de bains et tire la chasse d'eau. En se remplissant, le réservoir couvre mes bruits. Le ronronnement de l'imprimante rend le crachotement de la bouilloire inaudible. Je profite de l'absence de Thomas pour déambuler dans la maison. Nous avons chacun notre rythme, mais nos habitudes s'accordent et il ne faut rien y changer. Avant de sortir, je m'assure que la musique me dissimule, qu'elle masque le grincement des portes. Je n'ouvre pas mes sacs de courses avant d'être certaine que le froissement du plastique passera inaperçu.

Je n'ai pas trouvé le chemin pour quitter le dix-huit novembre, mais j'ai exploré des sentiers et des pistes qui me permettent de traverser la journée. Des tunnels, des passages étroits mais praticables. Si je ne peux m'échapper, je peux au moins creuser mon sillon.

Je me coule dans un monde prévisible, dans un schéma qui ne cesse de s'enrichir de détails. Je glisse à travers la maison, à travers la journée. Je suis liquide. Je me fonds dans les bruits, comme un fluide. Les fluides s'infiltrent où ils le peuvent.

J'entends les pas de Thomas. La distance entre nous est infime. Je compte les jours, mais ils ont cessé de creuser l'abîme qui nous sépare. J'ai trouvé ma place dans sa journée. Nous bougeons de concert, en harmonie, nous jouons un duo, parfois nous formons tout un orchestre. Il y a la pluie, la lumière changeante. Il y a le bruit des voitures, le pépiement des oiseaux, le gargouillis de l'eau dans les canalisations.

Tout est plus facile, désormais. À condition de me calquer sur la journée de Thomas, de garder le rythme, de ne pas rompre le schéma. À condition de me réveiller au bruit de ses pas dans l'escalier. À condition de mettre en route la bouilloire quand il imprime ses étiquettes. Pour ses envois. Pour nos envois. Il me reste ses bruits, ses mouvements. C'est le temps qui s'est détraqué. Nous sommes ensemble. Seules quelques cloisons nous séparent. Il n'y a ni morts ni blessés. De tout cela, nous ne parlons pas. Les phrases sont inutiles. Les syllabes suffisent. Et le rythme. Je guette le rythme de la maison, les pas dans l'escalier. La pluie joue sur la vitre : temps fort, temps faible. La musique est indispensable. Son mouvement, ses notes mouillées de pluie. Une mélodie se fait entendre : nous sommes un orchestre discret. Nous jouons. Écoutez.

151

Quand Thomas est dans la cuisine, j'entends les liens qui nous unissent. Il m'envoie des messages, sa musique traverse la maison. Il me fait parvenir des sons que je comprends. Il y a l'eau qui coule, les bruits de métal, la porte du réfrigérateur heurtant le coin de la table : il joue un concerto et je l'accompagne. Discrètement.

Quand il s'assied dans le séjour, la distance augmente. Parfois, je suis tentée de la franchir ; je suis prise d'une envie de me lever, d'ouvrir la porte, de tout briser, de rompre notre rythme. Mais le rejoindre ne ferait qu'aggraver les choses, et j'y renonce. Je renonce à jeter à ses pieds un paquet de cent cinquante et une journées. Je renonce à l'arracher à son schéma. Je m'accommode de la distance. Je m'assieds sur le lit, ouvre un livre. Je sais qu'il finira par se rapprocher. Pourquoi jeter cent cinquante et une journées à ses pieds quand la distance entre nous est si ténue ?

Quand il va dans l'entrée, il est trop près. Mais cela ne dure pas. Il transporte sa tasse à thé dans la cuisine. Il décroche son manteau, ramasse les paquets posés par terre. Je respire calmement. Je suis à l'abri. Il ne viendra pas ici. Il ne retrouvera pas ses cent cinquante et une journées oubliées. Il s'approche, mais se contente de passer devant ma porte. Je suis à l'abri. De l'accumulation de journées qui nous sépare. De Thomas et de son oubli.

Ses pas résonnent dans l'escalier. Dans quelques instants je l'entendrai marcher à l'étage. Il me semble tout proche, car ses bruits se répercutent à travers le plafond tel un murmure parcourant la structure de la maison. Ce n'est que dans le séjour qu'il me paraît trop loin. Et il ne vient trop près qu'en allant dans l'entrée.

La nuit, la distance me semble presque abolie. Quand Thomas dort, seul le plafond me sépare de lui : une mince ligne de démarcation entre deux temps. Je suis assise dans une chambre ouvrant sur le monde, et la distance entre nous se réduit à presque rien. Son plancher est mon plafond. Mais ce ne sont que des mots. Ce n'est pas une distance, c'est un trait qui nous réunit.

Ce n'est qu'une maison, avec plusieurs pièces. Il y a quelqu'un dans la maison, un homme qui s'appelle Thomas Selter. Il va d'une pièce à l'autre. En se déplaçant, il joue une partition. Il joue pour qui ? Il joue pour moi.

157

C'est facile de faire passer les journées. Elles s'envolent. Je ressens un manque, mais il est léger. J'éprouve des désirs, mais ils sont vagues. Ma journée ne cesse de s'enrichir de détails. Elle devient de plus en plus prévisible. Je me sens chez moi. Je me sens chez moi dans ces détails de plus en plus nombreux. Je sais de quoi la journée est faite. Je retrouve ses bruits, les intervalles qui les séparent. Je reconnais les mouvements de la lumière, l'intensité de la pluie. Je vois le soleil percer les nuages et élargir l'espace. J'entends le chant d'envol du merle, le vrombissement sourd d'une voiture deux rues plus loin. Ensuite, tout se répète, mais dans un ordre différent : lumière, voiture, oiseau. Puis ça change encore : pot de fleurs bougeant dans le vent, bref silence, voiture. Et plus tard : vent dans l'arbre, pot de fleurs, long silence, voiture. Ainsi la journée se termine avant même que je ne m'en aperçoive.

164

C'est facile de faire passer les journées. Il suffit de rester immobile. En réalité, je ne fais rien passer du tout. Elles s'en vont toutes seules. Il me suffit d'écrire un chiffre dans mon cahier chaque matin. Je n'ai rien à dire sur les journées, mes feuilles de papier restent vierges. Quand je ne dis rien, le temps passe encore plus vite. Telle une rivière, je m'écoule à travers la journée. Ou alors c'est la journée qui s'écoule. Quelqu'un ou quelque chose s'écoule. Je respire. J'imagine que les phrases ne servent plus à rien. J'écoute la journée, elle suit son cours et se termine avant même que je ne m'en aperçoive.

176

J'ai l'impression que ça va plus vite. Un peu seulement ; ce n'est pas une brusque accélération, la vitesse n'a rien de vertigineux. Elle reste tout à fait modérée. Je me contente de me laisser porter par la journée, et elle se termine avant même que je ne m'en aperçoive.

179

Les journées s'écoulent et m'emportent. Je me réveille, je fais ce que prévoit mon schéma et la journée se termine avant même que je ne m'en aperçoive.

180

Je compte les journées. À peine surgies, elles s'en vont les unes après les autres. Je marque leur numéro dans mon cahier, et elles disparaissent avant même que je ne m'en aperçoive. Je ne sais pas à quoi ça sert de les compter, mais je n'ose pas faire autrement. Je me dis qu'il faut les retenir. Peut-être mon salut est-il dans une succession de chiffres. C'est la corde qui me servira à remonter du puits. Mais il n'y a pas de salut si personne ne tient l'autre bout de la corde. Dans ce cas, comment s'en sortir ?

181

Ici, tout est plongé dans l'obscurité et le silence. Si le temps s'écoule, c'est peut-être à cause du vertige. Du manque d'oxygène. L'air est humide. Et voilà ce qui paraît incroyable : la journée est si riche en détails que le temps s'envole. L'obscurité peut sembler vide, mais ce serait oublier les sons. Ou la lumière qu'on aperçoit. Un petit bout de ciel. Je dois sans doute attendre que la corde ait atteint la bonne longueur, qu'elle ait accumulé suffisamment de journées, qu'elle pèse assez lourd pour me permettre de l'envoyer jusqu'à l'ouverture du puits et la faire atterrir sur la margelle. Et que, là-haut, quelqu'un la découvre et commence à me remonter. Combien de journées faudra-t-il ?

185

Parfois je me dis pourtant que c'est aujourd'hui. Qu'à mon réveil, nous serons le dix-neuf. Mais sous mon dix-huit novembre se cachent peut-être des semaines, voire des mois. Et si je laissais le temps s'écouler, tout simplement ? Dans ce cas, les journées pourraient bien finir par remonter comme des bulles, et je me réveillerais en mai ou en juin, dans la lumière du matin, le souffle coupé par le chant des oiseaux. Ou en août, quand tout résonne autrement. J'entendrais Thomas dans l'escalier. Un escalier qui grince, comme le font les vieux escaliers quand l'été se prolonge.

Je me rappelle soudain les sons de l'été. Le grincement de l'escalier. On ne l'entend pas quand l'air est humide ; tout l'hiver il reste muet, mais en été il résonne de nouveau. C'est le bois qui se dessèche ; il faut marcher doucement, surtout au petit matin ou en pleine nuit, lorsque les gens dorment, que le silence règne et que le grincement risquerait de tout envahir. Sauf si on gravit délicatement une marche après l'autre. Le bruit dit que nous sommes en été et que l'escalier est là depuis longtemps ; des générations de pieds l'ont monté et descendu. Mais à la fin de l'été, en septembre ou en octobre, il redevient muet. L'humidité pénètre le bois et l'automne arrive, avec ses tempêtes et ses escaliers silencieux.

Je pense aux bruits de l'année. Aux bruits qui ont disparu, aux bruits qui dorment. J'aimerais que l'année se réveille. Qu'elle réapparaisse, qu'elle émerge de mon dix-huit novembre. Mais je ne peux rien faire, sauf rester immobile et laisser les journées s'écouler. Pour que le temps reprenne son cours, il ne faut pas le brusquer. Faire du vacarme ne servirait à rien. Ce n'est pas ainsi qu'on réveille une année. Je dois attendre que les journées renaissent quelque part sous le dix-huit novembre. Les phrases ne servent à rien. Ni les colonnes de chiffres. C'est du calme qu'il faut. Chut.

186

Si les phrases ne servent à rien, pourquoi suis-je en train de parler du grincement de l'été ? S'il est inutile de compter les journées, pourquoi ne puis-je m'empêcher d'ajouter un chiffre tous les matins en entendant Thomas poser la bouilloire sur la cuisinière ?

Peut-être mes phrases sont-elles simplement des appels à un centre de secours où personne ne répond. Des messages à quelqu'un qui ne me rappelle jamais.

Et ma succession de chiffres n'est peut-être pas une corde qui m'aidera à remonter du puits. Je suis peut-être déjà en haut, les chiffres forment peut-être une rampe à laquelle je m'accroche en marchant au bord d'un gouffre. S'il me manque une journée, la rampe cédera et je tomberai dans le vide. C'est pourquoi j'ajoute un chiffre tous les matins avant de reprendre ma marche. Mais où allons-nous ? Et quand va-t-on me répondre ?

199

Je craignais d'en arriver là, et maintenant nous y sommes. Plusieurs fois, déjà, j'ai suivi Thomas dans la rue. Quand j'entends de la musique dans le séjour, je quitte la maison. Je vais au supermarché, je fais mes courses et je me surprends soudain à bifurquer vers le bureau de poste. Puis j'attends. Quand il sort, je le suis en direction de la forêt. Mais je rebrousse chemin et me hâte de rentrer, bien décidée à ne pas recommencer et à ne pas en parler dans mon cahier.

204

Je ne le fais pas tous les jours. J'essaie de m'en abstenir, mais je cède parfois à la tentation. Je sors faire mes courses, je choisis des itinéraires où je ne risque pas de croiser Thomas. Et puis je bifurque. Je me dirige vers le centre-ville, je passe au marché et je me rappelle soudain nos promenades, nos achats sur les stands, nos conversations avec les marchands qui sont là depuis toujours et ont connu Thomas enfant. Ils me saluent, me demandent de ses nouvelles. Je me rappelle aussi que nous avions l'habitude de nous attabler à La Petite Échelle, Thomas et moi. Si j'allais le chercher ? Nous pourrions nous y réfugier en attendant que la pluie s'arrête. Je sais qu'il se promène tranquillement près d'ici. Je choisis des trajets que je devrais éviter, des rues où je n'ai rien à faire, et je l'aperçois un peu plus loin. Je le vois franchir la porte jaune du bureau de poste. J'attends, je me cache dans une ruelle et je le distingue à travers la vitre. Puis il sort et je le suis. Mais j'ai soudain un regret. Je rebrousse chemin, bien décidée à ne pas recommencer.

207

Pourtant, je recommence. Je le suis de loin. Il va poster ses lettres et ses paquets, j'essaie de rester toujours à la bonne distance, mais j'ai le sentiment de trop m'approcher. Finalement je m'avance et je le vois franchir la porte.

Je sens mes jambes se dérober sous moi, j'ai des picotements dans les pieds, les mains qui tremblent. J'ai froid, j'ai trop chaud, je suis hors d'haleine, la tête me tourne. Je veux rebrousser chemin, mais je traverse la rue et me retrouve devant le bureau de poste. Je l'aperçois à l'intérieur. J'essaie de respirer à fond. En tendant le cou, je vois tout ce qui se passe.

Il s'adresse à quelqu'un au guichet. À une femme. Elle paraît indifférente, elle ne mesure pas sa chance. Elle peut lui parler comme si cela allait de soi. Avec aisance. Elle est tout près de lui. De son visage. Elle peut lever les yeux vers lui sans s'évanouir.

Je presse le pas pour ne pas être vue. Je voudrais poursuivre mon chemin, mais je m'approche de la porte. Elle est munie de vitres dépolies et de croisillons en métal jaune : Thomas n'est qu'une ombre, mais je sais qu'il est là. Je n'aperçois qu'une silhouette, mais cette silhouette est Thomas.

Je m'écarte légèrement. Je voudrais m'en aller, mais la porte m'aimante. Je tends le bras et saisis la poignée. La porte est lourde, je sens une résistance, mais elle finit pas céder. Thomas a déposé ses paquets au guichet. J'entends la voix de la femme, une phrase aimable ; une question, me semble-t-il, car Thomas répond. Je ne peux pas rester là. En entendant sa voix, je recule. Je lâche la poignée. Je titube. Je dois m'appuyer contre le mur. Puis je m'en vais en évitant de regarder à travers les vitres.

Je ne le vois pas sortir, et je suis certaine qu'il ne m'aperçoit pas, car je m'éloigne dans l'autre sens. Mais j'entends la porte se refermer sur lui. La porte qui se referme sur Thomas. Thomas qui s'en va sans ses paquets. Thomas qui lâche une porte en métal jaune. Ah, être une porte ! Sentir sa main ! Et retrouver sa position initiale en se refermant tranquillement sur ses gonds.

Mais je ne me referme pas. Je n'ai pas de gonds. Je ne peux me raccrocher à rien. En me retournant légèrement, je vois Thomas disparaître au coin de la rue. Et je reste là, car mes jambes refusent de bouger. En revanche, je parviens à faire pivoter le buste, et c'est dans cette position que je regarde Thomas s'en aller.

Il ne me voit pas. Il ne me voit pas redresser le dos et m'éloigner lentement, car il s'en va dans l'autre sens. Au coin de la rue, il se dirige vers la forêt. Je ne le suis pas, car j'ai besoin de toutes mes forces pour tenir debout. Je fais quelques pas, puis je m'arrête et m'appuie contre le mur.

C'est la perte qui me fait tituber. C'est le désir de ce que j'ai perdu. Je ne peux rien faire contre ça.

Pour supporter la perte, je dois me contenter des bruits. Quand j'y parviens, mes pensées deviennent claires, je peux chercher une solution, une réponse, une issue. Je peux rester dans cette chambre et faire défiler les journées, les unes après les autres.

219

J'ai cessé de suivre Thomas. J'ai encore recommencé à deux ou trois reprises, mais maintenant c'est fini. Une seule fois je suis sortie dans le jardin, le soir, pour l'observer à travers la fenêtre du séjour. Sur le rebord de la fenêtre il y a un buste qui nous vient du grand-père de Thomas. J'ignore qui il est censé représenter, mais tel qu'il est posé il m'offre une cachette. Je me tenais prête à battre en retraite si Thomas se tournait vers la fenêtre. Heureusement, il a continué à vaquer à ses occupations et je sais maintenant comment il se meut dans le séjour. Je l'ai vu s'asseoir dans le fauteuil avec son livre. Je sais à quel moment il se lève, à quel moment il va dans la cuisine. Protégée par l'obscurité, je l'ai vu quitter le fauteuil, mettre des bûches dans la cheminée et sortir dans le couloir. Et j'ai vu la fumée s'élever dans le ciel pluvieux. On la distingue en reculant un peu, mais pour cela j'ai dû attendre que Thomas aille dans la cuisine. Alors j'ai pu faire quelques pas en arrière et j'ai vu une fine spirale entourer la cheminée, éclairée par le réverbère en face de la maison. En reculant davantage, on voit même la maison tout entière, avec ses fenêtres éclairées. J'ai constaté que la lumière était allumée dans la chambre d'amis, alors qu'il n'y avait personne.

Pendant que j'étais dans le jardin il a commencé à pleuvoir, et je me suis réfugiée dans la remise. Assise sur une caisse en bois, j'ai attendu que Thomas monte à l'étage. J'ai gardé la porte ouverte, et un léger changement de la lumière m'a fait comprendre qu'il avait allumé la lampe de notre chambre. J'ai quitté la remise et regagné discrètement la maison. J'ai entendu Thomas tirer la chasse d'eau. Sachant que le petit déclic de la serrure serait inaudible, j'ai refermé la porte derrière moi. Puis j'ai ouvert celle de la chambre d'amis et m'y suis de nouveau enfermée.

Je ne le fais plus. J'ai cessé de le suivre, de profiter de la nuit pour l'observer à travers la fenêtre. Le regarder ne fait qu'augmenter la distance qui nous sépare. Je flotte plus légèrement dans la journée en respectant mon rythme. Son rythme. Notre rythme. En écoutant ses mouvements, en me laissant porter par eux. Je me réveille, je guette les bruits, je m'y fonds, et la journée se termine avant même que je ne m'en aperçoive.

223

J'ai découvert quelque chose d'inquiétant. En réalité, je n'ai rien découvert de nouveau, j'ai simplement compris à quel point c'était inquiétant. C'est un problème que je suis incapable de résoudre. Il y a des fantômes et des monstres. Le fantôme, c'est Thomas. Le monstre, c'est moi.

Tous les soirs, quand il revient sous la pluie, Thomas accroche son manteau dans l'entrée, se change, met ses vêtements trempés à sécher sur le radiateur et allume du feu dans la cheminée. Il fait exactement ce que prévoit son schéma de comportement. Ensuite, il passe au point suivant. Il enfile une paire de bottes en caoutchouc, car ses chaussures sont encore humides – il les a d'ailleurs posées devant la cheminée. Ses bottes se trouvent près de la porte d'entrée. Il la franchit, sort dans le jardin et se dirige vers la remise. Il y cherche je ne sais quoi, peut-être une bêche. Finalement, il découvre un déplantoir accroché à un clou. Il le décroche et retourne dans le jardin. La pluie tombe doucement et il presse le pas. Arrivé devant les rangées de poireaux et de blettes, il enfonce le déplantoir dans la terre, déterre un gros poireau, nettoie le déplantoir en le frappant contre une pierre et se hâte de regagner la remise. Il y raccroche le déplantoir, ramasse quelques oignons jaunes dans la caisse où nous les rangeons, prend une échalote dans le filet suspendu au plafond, quitte la remise, passe devant la fenêtre de la cuisine et franchit de nouveau la porte d'entrée, qu'il referme derrière lui. Puis il pénètre dans la cuisine avec son poireau et ses oignons.

C'est une simple routine. Sa journée est agencée ainsi. Il va chercher un poireau dans le jardin. Des oignons dans la remise. Je le sais, car j'ai découvert le trou laissé par le poireau et les traces de terre sur le déplantoir. Je l'ai entendu s'activer, j'ai entendu le choc du métal contre la pierre, car je l'écoutais derrière la maison. Et j'ai vu la pluie dissoudre la terre sur la pierre plate.

De retour dans la maison, il sort deux carottes du bac à légumes, va chercher un bouillon cube et débite l'oignon en tranches. Je le sais, car j'ai vu le papier du bouillon cube dans la poubelle, ainsi que les épluchures des carottes et de l'oignon dans le composteur. Il prépare une soupe. Il émince finement le poireau en le coupant en biais – c'est sa façon de tailler les légumes. Puis il le rince sous l'eau courante et le rajoute dans la casserole.

Tout cela n'a rien d'étrange. Si ce n'est que le poireau se retrouve de nouveau dans le potager tous les matins. Enraciné et entier, il se dresse au bout de la rangée, prêt à être déterré. C'est ainsi. Je me suis habituée à l'idée.

Hier après-midi, pendant l'absence de Thomas, j'ai déterré un poireau à l'autre bout de la rangée. Je l'ai émincé et j'ai mis de l'eau à bouillir. J'y ai dissous un morceau de bouillon cube, ajouté le poireau, ai laissé cuire l'ensemble et mangé ma soupe claire près de la fenêtre du séjour.

Aujourd'hui, le poireau a disparu. C'est ce qui leur arrive quand on les déterre, les émince, les fait bouillir et les mange. Je suis sortie dans le jardin, et j'ai constaté qu'il n'était pas là. Rien de surprenant a priori, mais cela m'a paru bizarre. Quand nous étions ensemble, Thomas et moi, c'était ainsi. Ce que nous mangions disparaissait. Nous dévorions le monde. Or, quand Thomas est seul, rien ne disparaît. C'est moi qui fais disparaître les choses. Je vis dans un temps qui dévore le monde.

Sans moi, la journée de Thomas se répète, le monde se répare, le poireau retrouve sa place et je suis persuadée qu'il en va de même pour les oignons. Ils sont trop nombreux pour que je puisse vérifier, mais ça n'a pas d'importance : je n'ai même pas besoin de les compter, je suis certaine qu'ils sont tous là. Si je vais chercher un oignon dans la remise, il disparaîtra. Je le sais, car j'ai vu ce que nous sommes : Thomas est un fantôme et je suis un monstre. C'est ainsi. À cause du temps. Sans moi, Thomas est un fantôme. Mais moi je suis un monstre, un animal nuisible.

En fait, je l'ai toujours su. J'ai vu les rayons des magasins se vider, mais à présent ça me pose un problème. C'est toute la différence. Si Thomas est un fantôme et moi un monstre, la distance qui nous sépare est plus grande que je ne le pensais. Thomas ne laisse aucune trace dans le monde ; moi je le dévore. Dans la maison, Thomas ne cesse de refaire les mêmes gestes ; dans le monde, je défais tout. Si je pénétrais chez lui, nous serions l'un et l'autre des monstres. Je l'attirerais dans mon univers monstrueux, et nous mangerions pour deux. C'est moi qui fais la différence. Thomas est un fantôme ; les fantômes reviennent. Encore et toujours. Les monstres piétinent et saccagent. Je suis assise dans la chambre donnant sur le jardin et la pile de bois. Je ne fais pas grand-chose. Je suis pourtant en train de tout dévorer, alors que le monde de Thomas se régénère. Je laisse des traces. Je suis un être qui dévore, un monstre dans un monde fini. Une nuée de sauterelles. Combien de temps pourrai-je survivre dans cette finitude ?

224

Je ne peux plus me laisser flotter à travers la journée. Elle est trop exiguë, ou c'est moi qui suis trop lourde. Trop grosse. Difforme. Un monstre ne peut pas se couler dans la journée, un monstre n'est pas liquide. Un monstre ne peut pas se déverser dans les trous. Un monstre, ça déborde. Ça grossit. Ça ne peut pas se cacher. Un monstre, ça rugit. Ça piétine. Ça ne peut pas rester silencieux. Ça ne peut pas jouer dans un discret orchestre domestique. Un monstre, c'est lent et lourd. Les journées passent plus lentement. Je prends de la place. Je ne suis pas liquide. C'est moi qui provoque le ralentissement.

225

Ou alors nous sommes tous les deux des fantômes, me dis-je. En reprenant confiance. Tout cela n'est peut-être qu'une hallucination. Je suis un fantôme se prenant pour un monstre. Thomas est un fantôme se prenant pour un être humain. Nous sommes du même genre. Me dis-je. En reprenant confiance. Nous vivons dans un monde de fantômes. Un monde où les poireaux fantômes disparaissent et reviennent. Nous sommes du même genre. Ni monstres ni êtres humains : des fantômes se prenant pour des monstres ou des êtres humains. Des fantômes qui n'occupent pas d'espace. Ou en occupent pour deux.

Et si j'étais couchée dans mon lit d'hôtel à Paris ? Si je rêvais seulement que je suis un monstre, que je dévore le monde et que le temps s'est arrêté ? Quand vais-je me réveiller ? Réveillez-moi !

226

Mais c'est inutile. Je refuse de penser que c'est seulement un rêve. Sinon, je finirai par remplir le monde d'autres scénarios. Je me dirai que nous sommes tous les deux morts, que tout cela est l'imagination de deux âmes flottantes. Ou que Thomas a depuis longtemps quitté le dix-huit novembre et poursuivi son chemin sans moi. Vers le dix-neuf ou le vingt, vers décembre ou janvier, vers février ou mars. Je me dirai que j'erre dans un monde d'ombres, alors que le reste de l'humanité continue de vivre comme si le temps était inchangé.

Mais pourquoi Thomas aurait-il poursuivi son voyage ? Il est toujours là. Je l'entends dans l'escalier. Il est là, mais nous ne formons plus un orchestre. Nous ne sommes pas du même genre, car je suis un monstre qui dévore le monde.

Je m'aperçois maintenant que tout est plus lent. Je ne suis pas un liquide qui coule à travers la journée, qui remplit les espaces vides et débouche sur le lendemain. Nous ne sommes pas un orchestre. Nous ne sommes pas deux êtres humains dansant à travers la maison. Nous ne sommes pas deux fantômes faisant des rêves différents. Nous ne sommes pas de la musique. Nous sommes un monstre et un fantôme. J'enfle, je sens les murs se resserrer autour de mon corps, je me demande s'il y a encore de la place pour moi ici.

227

C'est à cause des mots. Au début, nous étions deux amants dans un paysage de brume. Deux voyageurs pris de vertige. Dans notre dix-huit novembre, nous faisions des courses et prenions le café, nous préparions des œufs au plat et achetions des chocolats à l'orange au supermarché. Et les denrées disparaissaient, car je suis un animal nuisible, un monstre qui dévore le monde. Je vais chercher des légumes au jardin, et le jardin disparaît. Je mâche, je mâche. Je broie, j'écume. De la bave aux commissures des lèvres. De la bave sur mon menton. Les déchets s'accumulent, les rayons sont de plus en plus dégarnis, le monstre avance en titubant. Il broie, il écume. En mangeant mon pain suédois, j'entends un bruit dans ma tête. On dirait un cheval. Un cheval croquant une carotte. Un chat avalant ses croquettes. Un chien rongeant un os, un lapin grignotant ses granulés, une nuée d'insectes ravageant les forêts et les champs. Je suis tout cela. Je suis une horde d'animaux affamés. Qui broient, mastiquent, concassent. Un jardin zoologique, une écurie surpeuplée, un essaim vrombissant.

J'entends Thomas monter à l'étage. Il ne laisse aucune trace. Il ne cesse de faire des courses, et cela ne change rien. Il coupe du pain, émince des poireaux, froisse des sacs, déambule dans la maison, foule chaque marche de l'escalier, mais on dirait qu'il n'est pas là. Je l'entends dans la salle de bains. Un fantôme qui pisse debout. Un pur esprit qui fait pipi. Qu'est-ce que c'est que ce monde ?

Ce qui fait la différence, ce sont les mots. Il me suffit de prononcer mentalement le mot monstre pour commencer à enfler. Qui suis-je, à présent ? Un monstre ou un être humain assis dans une chambre ? Un animal nuisible ou un bipède doué de raison qui peine à remplir sa journée ? Qu'est-ce que j'entends ? Mon amoureux vidant sa vessie, un homme faisant pipi debout, mon mari qui pisse, un fantôme qui urine ? D'ailleurs, est-ce que j'entends quelque chose ? Presque rien. Tout est silencieux, il a tiré la chasse, le réservoir s'est rempli, les canalisations ont fini de gargouiller, le tableau est complet. Il se repose. Ou alors il s'est évaporé. Il n'est plus qu'un pur esprit. Mais j'espère l'entendre de nouveau quand il descendra l'escalier.

C'est mon humeur qui choisit mes mots. J'ai une humeur. Ça peut servir à plein de choses. À choisir des mots sur une palette. Car on peut considérer la langue comme une palette. On peut colorer les objets. Même les objets incolores. Je ne parle à personne, mais le monde ne cesse de s'enrichir en détails. Je choisis des mots dans un monde rempli de voix, je les fais venir grâce à une humeur qui colore les objets, qui déteint sur eux. Colorés, les objets prennent plus de place. La palette déborde. J'ai trop de mots, la journée fait du surplace, elle s'alourdit, elle ralentit.

Et voilà que le fantôme qui pisse descend l'escalier.

228

Je vais plus loin pour faire mes courses. Je ne peux pas continuer à fréquenter le supermarché de la rue Clémentine-Giroux. J'ai vu le résultat : des rayons vides, des bacs à surgelés dégarnis. Ce n'est pas nouveau. Je l'avais déjà remarqué pendant les journées de brouillard ; c'est parfaitement documenté, vérifié et consigné dans mes observations. Mais je vois maintenant que je laisse des traces partout. Les choses disparaissent. J'ai mangé tout le chocolat au caramel. À part deux paquets de biscottes sur l'étagère du bas, le présentoir à pain ne contient plus rien, car j'ai pris tout le reste. Le choix de fromages diminue, et il n'y a plus une seule tomate. Inutile de le nier : j'ai tout raflé. C'est moi la coupable. Je commets mon forfait avec lenteur et méthode, jour après jour.

J'essaie d'élargir la zone de mes achats. Je vais dans des magasins où je n'ai jamais mis les pieds. Je change mes habitudes, je mange des choses que je n'ai pas coutume de manger. Je pioche dans les rayons bien remplis, j'achète des conserves de poisson que j'aurais dédaignées en temps normal, des sachets de soupe de marque inconnue, des biscuits que je n'ai jamais goûtés.

Je pense à l'avenir. Depuis quelque temps, je lorgne les jardins où poussent encore des légumes, les pommiers qui portent encore des fruits, le raisin resté sur le cep bien que nous soyons en novembre. Je scrute discrètement le sol sous les noyers. Je convoite les petits bouts d'univers dont personne ne veut. Les surplus. J'imagine une vie de nomade, de vagabonde cueillant un fruit ici et là ou faisant quelques achats avant de poursuivre son chemin sans laisser de traces. Ainsi je pourrais sans doute subsister longtemps. Et affronter les nombreux dix-huit novembre qui m'attendent. Je sais bien que je volerais la nourriture des oiseaux et des vers en cherchant ma pitance dans les jardins. Mais que faire d'autre si rien ne change, si je ne parviens pas à réparer le défaut du temps ? À force de remuer ces pensées, je m'aperçois soudain que je me suis aventurée trop loin et je m'arrête là.

229

Parfois j'envisage de chercher un autre endroit où habiter. Je pense au grand-père de Thomas, qui n'a jamais quitté la maison où il avait vécu avec la grand-mère de Thomas. Qui est resté seul pendant dix-sept ans avant de mourir à son tour. Qui a toujours mené la même existence, suivi le même rythme, cultivé les mêmes légumes selon un plan affiché dans la remise et que nous nous efforçons de respecter. Remplacer les carottes et le persil par du maïs et des courgettes, passer aux haricots et aux pois l'année suivante, aux poireaux et aux blettes l'année d'après, et peut-être au chou ensuite. Tous les ans, il nous expliquait sa méthode quand nous lui rendions visite. Il nous annonçait ce qu'il venait de planter, évoquait les rotations à venir. Il nous racontait comment la terre réagissait aux différentes cultures. Comment les végétaux pouvaient interférer entre eux. Il nous parlait du compagnonnage des plantes, des amis et des ennemis, de l'utilité du souci officinal, de la difficile cohabitation entre l'aneth et le fenouil. Et Thomas l'écoutait patiemment, alors qu'il avait déjà entendu son discours d'innombrables fois. Devenu veuf, le vieux Selter s'est retrouvé avec trop de légumes pour une seule personne. Puisqu'il ne pouvait pas tout manger, il a fini par en donner à ses voisins et à ses amis.

Comment continuer à vivre dans la même maison quand on n'est plus qu'une moitié de couple ? Comment poursuivre la même existence, année après année ? Comment affronter le même quotidien, les mêmes pièces ? On fait comme on a toujours fait, puisque la maison n'a pas changé ? Ou on se retire dans une seule pièce ? On croit soudain entendre le défunt marcher ? La personne décédée est-elle trop près ou trop loin ? On devine des pas en sourdine, une main ou une manche frôlant un mur ? On pense que la maison est hantée ? On se dit qu'on est un monstre, puisque l'autre a cessé de manger ? Qu'on est resté en vie par erreur ? Qu'il faut continuer à cultiver la terre, à tout faire pour que le jardin donne encore des fruits et des légumes ?

Je ne peux pas cultiver la terre. Mon existence se réduit à un seul jour pluvieux. Je ne récolte rien. Je ne sème rien. Rien ne germe, rien ne pousse. Les saisons ont disparu. Les journées ne débouchent que sur du vide, elles ne font que passer, et moi avec. Et je dévore le monde en écoutant un fantôme.

230

Je me demande s'il y a assez de place ici pour un monstre. Les journées ralentissent, le monde a rapetissé, ou alors c'est moi qui ai grossi, je n'en sais rien. Je ne traverse pas la journée avec la même légèreté qu'avant. Mes mouvements font du bruit. Mes bruits n'ont rien de musical, je ne fais pas partie d'un orchestre discret. J'entends toujours les bruits de Thomas, la musique du séjour, mais je ne joue plus dans son orchestre.

J'ai cessé de suivre Thomas. Il fait ses promenades dans la forêt, il longe le fleuve et revient sous la pluie. Pendant ce temps je reste ici. En levant les yeux, je distingue parfois une ombre qui ouvre le portail du jardin et le referme derrière elle.

232

Cette nuit, j'ai été prise d'une envie de sortir. Non pas pour observer Thomas à travers la fenêtre : la nuit était déjà bien avancée et il était couché depuis longtemps. J'avais besoin de faire pipi, car j'avais bu trop de thé. Et je venais de quitter un rêve où je cherchais les toilettes. Quand je les trouvais, elles étaient toujours occupées. Je pensais qu'il n'y avait personne, car la porte était entrouverte, mais en la poussant je découvrais invariablement quelqu'un à l'intérieur.

En me réveillant, je me suis dirigée vers la fenêtre. Je voulais voir s'il pleuvait. Ce n'était pas le cas ; les nuages s'étaient dissipés, découvrant une large bande de ciel dégagé où apparaissait la lune. Une lune décroissante, comme d'habitude. Elle ne change pas, j'ai cessé de guetter ses évolutions. Le ciel est toujours le même, il se modifie au cours de la nuit, mais tout se reproduit à l'identique la nuit suivante.

J'ai soudain eu envie de m'asseoir dehors. J'ai pris ma couette, une couverture et un coussin que je suis allée chercher dans la remise, j'ai posé mes affaires sur le perron, puis j'ai fait pipi derrière les groseilliers à maquereau du potager. En revenant, je me suis assise sur les marches en m'adossant à la porte du jardin, bien enveloppée dans ma couverture et ma couette. Des nuages dissimulaient la lune. Quand ils se sont dissipés, ma couette m'a semblé d'une blancheur éblouissante dans l'obscurité.

Le vent s'était calmé. Le pot de fleurs que j'entendais chaque nuit bougeait à peine sur le dallage. Je n'étais sans doute jamais sortie à cette heure précise, car les bruits étaient plus espacés et le ciel m'a semblé plus vaste que d'habitude. Pendant près d'une heure j'ai observé les nuages, dont le mouvement laissait apparaître de larges pans du firmament.

Par moments j'entendais une voiture. Parfois assez près, mais la plupart du temps comme un vrombissement lointain. Autrement, seuls le frémissement des arbres et le doux charivari du pot de fleurs rompaient le silence. Le choc sourd de sa matière synthétique contre le dallage m'a soudain paru terriblement agaçant.

J'ai quand même fini par m'endormir, bien au chaud sous ma couette. J'ai dû bouger dans mon sommeil, car ma tête a heurté le chambranle et le choc m'a réveillée. Il faisait encore noir, mais j'ai ramassé mes affaires et me suis empressée de regagner mon lit. Je viens maintenant d'ouvrir les yeux, et la journée est déjà bien avancée.

233

En m'asseyant dans le noir j'ai d'abord été frappée par le silence. Je m'étais de nouveau réveillée avec un désir de ciel nocturne. L'absence de bruits m'a perturbée, j'ai cru un moment que le jardin avait changé, puis j'ai compris que c'était le pot de fleurs qui avait disparu.

Je me suis vaguement souvenue de l'avoir ramassé au passage en allant ranger mon coussin dans la remise. Je l'avais sans doute déposé sur une étagère, mais je n'en étais pas sûre, car j'étais à moitié endormie. Finalement, je me suis levée pour aller vérifier. En effet, il était là. À moitié renversé, il gisait sur le dessus d'un carton rempli de bouts de ficelle, de gants de jardinage et de sachets de graines.

Je me suis de nouveau assise sur les marches, où je m'étais aménagé un petit coin confortable avec mon coussin, ma couette et un vieux tapis qui me protégeait de l'humidité du sol. Je me suis demandé pourquoi le pot de fleurs n'avait pas repris son petit manège habituel. Le pot ne dépendait pas de moi, il bougeait tout seul dans le vent, pour quelle raison aurait-il cessé ? À l'époque de nos investigations, je l'avais déjà ramassé pour le ranger dans la remise – ce qui ne m'avait pas empêchée de le retrouver sur les dalles le jour suivant. Mais cette fois-ci il s'était laissé emporter de manière définitive. J'avais pu interrompre son tintamarre, le bruit avait bel et bien disparu.

Renonçant à trouver une explication, je me suis contentée d'observer l'évolution parfaitement prévisible du ciel. Le ciel a quelque chose de rassurant. Il ne se comporte pas comme les livres ou les pots de fleurs. Ni comme les bocaux d'olives ou les paquets de biscuits. Il est fiable, imperturbable. Je ne peux pas le dérégler ni agir sur lui. Indifférent au monstre assis sur une marche, il n'offre aucune prise. Il est mouvant, des choses y bougent sans cesse, mais il reste silencieux. Si tant est qu'il existe des accords célestes ou une harmonie des sphères, ils ne parviendront pas jusqu'à moi. La distance est trop grande.

Je contemplais les nuages, dont le défilé me paraissait maintenant familier. Un nuage solitaire passait devant la lune, alors que d'autres s'approchaient au-dessus des arbres bordant la rue. Un couple de nuages, un nuage célibataire, un nouveau célibataire suivi de deux couples évoluant de concert. Tout cela, il me semblait l'avoir déjà vu. Un nuage est soudain passé tout près de la lune, qui pendait au-dessus d'un pylône que l'on apercevait au loin. Puis il s'est éloigné sans même la frôler. J'étais persuadée d'avoir observé les mêmes mouvements la nuit précédente. Mais alors le pot de fleurs était encore là.

Le ciel obéit à un schéma. Il se répète. Avec lui, on ne se sent pas dépaysé. En le contemplant, assis sur une marche ou debout sur la pelouse, on devient un tout petit monstre dans un espace immense. Le ciel ôte de mes épaules mon habit d'ogre, ma taille diminue, les petits fragments du monde que je déplace sont à peine visibles. Le ciel est vaste et immobile, l'univers s'élargit, on n'est plus qu'un monstre insignifiant, on ne prélève que de minuscules petits bouts de l'univers.

Je suis restée là longtemps. Les sens aux aguets, bien au chaud. Je voyais des cohortes de nuages. Des groupes réduits et des promeneurs solitaires. Des silhouettes précises et des masses aux contours flous, défilant seules ou par deux devant des étoiles dont j'ignorais le nom.

Il est bon que le ciel soit plus vaste. Il est bon que le monde ait retrouvé ses proportions, qu'il ne se laisse plus affecter par les petits animaux nuisibles qui remuent dans le noir. Il est bon de connaître un endroit où l'on peut ne rien faire.

Il me faut étudier le ciel de plus près. J'aimerais le connaître. Je voudrais des noms, une cartographie. Il est bon de revenir ici chaque nuit. D'apprendre à connaître le ciel. D'être impuissante à dérégler sa mécanique. Il est bon de voir le monde se tenir immobile.

234

Comment puis-je dire qu'il est bon de voir le monde se tenir immobile ? Comment puis-je dire qu'il est bon que le monde cesse de bouger, que je sois impuissante, que rien ne se passe ? En quoi cela est-il bon ? En quoi est-il bon que Thomas s'éloigne de plus en plus, que nous ne puissions plus marcher de concert ? Comment puis-je dire une chose pareille ? Je ferais peut-être bien de réfléchir un peu. Avant d'écrire n'importe quoi. Dans ce cahier.

245

Aujourd'hui j'ai acheté un télescope. J'ai quitté la maison dès le matin, quand Thomas est sorti pour la première fois. Bien entendu, on ne trouve pas de télescopes à Clairon. Je suis quand même passée au magasin d'électronique près de la rocade, mais on m'a répondu que ce n'était pas l'article qui se vendait le plus. En revanche, pour les écrans plats, les haut-parleurs et les appareils électroménagers, je n'avais que l'embarras du choix. J'aurais pu repartir avec un mixeur et une yaourtière, si j'en avais eu envie. Ou une bouilloire et un réchaud. Mais j'en avais déjà acheté chez le quincaillier.

Ça m'a fait tout drôle de me promener près de la rocade. Depuis quelque temps, je ne vais guère plus loin que le centre-ville ou la lisière de la forêt. En quittant le magasin les mains vides, j'ai failli abandonner mon projet, mais Thomas devait déjà être de retour avec ses courses et j'aurais difficilement pu rentrer à la maison sans me faire remarquer.

Finalement, je me suis dirigée vers la gare. Il pleuvait légèrement, j'ai ouvert mon parapluie et j'ai pensé à mon retour à pied lors de mon deuxième dix-huit novembre. Mon sac était maintenant plus léger, car mes livres étaient restés à la maison. J'ai soudain eu une crainte : était-ce bien prudent d'avoir laissé Thomas et les livres tout seuls ? N'aurais-je pas une mauvaise surprise en rentrant ? En arrivant à la gare j'ai vu que le prochain départ pour Lille était dans quatre minutes. J'ai pris mon billet et sauté dans le train avant d'avoir eu le temps de changer d'avis.

Le train était à moitié vide. Nous étions au milieu de la matinée, peu de gens se rendaient de Clairon à Lille. J'avais depuis longtemps cessé de me préoccuper de mon apparence ; il m'arrivait parfois de jeter un coup d'œil dans une vitrine pour voir si j'avais encore figure humaine, mais je n'avais pas réfléchi au risque de me retrouver assise face à quelqu'un. Dans la rue, les passants ne faisaient pas attention à moi ; dans les magasins, les vendeurs se contentaient de me poser des questions routinières. Dans un moyen de transport, ce serait différent : il me faudrait peut-être affronter quelqu'un pendant tout le trajet. Une personne qui me dévisagerait. J'ai soudain eu peur. J'ai regretté d'être montée dans le train.

Heureusement, nous n'étions que trois voyageurs dans la voiture où je m'étais installée. Nous avions largement assez de place pour nous ignorer. De mon siège, je ne voyais que le bras de l'un et les bagages de l'autre. Je suis pourtant allée aux toilettes avant le premier arrêt. J'ai vérifié que j'avais l'air normal, que je ressemblais à un être humain et non pas à un monstre, une criminelle en puissance, une extraterrestre ou une transfuge d'un temps différent. Mais peu de gens attendaient sur le quai. J'ai eu tort de m'inquiéter.

À Lille j'ai été prise d'une étrange euphorie. À peine arrivée, j'ai découvert un magasin vendant du matériel pour ornithologues – des jumelles et des guides des oiseaux, mais aussi des caméras et des télescopes de toutes sortes. Comme je n'étais pas limitée par des considérations économiques, j'ai failli acheter un télescope perfectionné et une caméra silencieuse à téléobjectif, mais j'ai réussi à refréner mes envies, me contentant d'un instrument basique que j'avais déjà vu dans la vitrine avant de me laisser happer par la porte qu'un client tenait ouverte pour moi.

De bonne qualité et parfait pour les débutants, a dit le vendeur à qui j'avais demandé un télescope pas trop compliqué. *Il vous durera des années. Un excellent choix.* Je devais lui sembler raisonnable, alors que je me sentais complètement exaltée. Pour un peu j'aurais acheté tout le magasin ; je me serais lancée dans l'observation et la photo d'oiseaux, ou dans l'étude au microscope d'objets de la terre entière. Mais je ne tenais pas à me faire remarquer. Aux yeux du vendeur j'appartenais manifestement à la catégorie des clients prudents et mesurés, se contentant d'observer le monde avec une précision toute relative.

En bonus de mon achat si raisonnable, le vendeur m'a offert un atlas astronomique contenant une brève présentation du firmament et des corps célestes qu'il était possible de regarder avec ma nouvelle acquisition. Je ne lui ai pas dit que je possédais déjà *The Heavenly Bodies*, de 1767. Je pense qu'il l'aurait trouvé légèrement dépassé.

On m'a déballé le télescope et montré son fonctionnement, puis on l'a démonté et remballé avec son trépied et divers autres accessoires dans un sac de transport ressemblant à un étui à trompette. Le sac n'avait rien de discret, mais il n'était pas trop lourd à porter. Au moment de partir, j'ai hésité. M'arrêtant sur le pas de la porte, j'ai demandé qu'on garde mon achat dans un coin du magasin le temps que je fasse quelques courses. Le vendeur a accepté sans difficulté.

J'ai passé les heures suivantes à me ravitailler avec une frénésie qui m'a surprise. Me rendant dans sept ou huit magasins différents, j'ai acheté plusieurs sortes de thé et de café, du confit de canard, des conserves de poisson, des fromages sous vide à la date de péremption lointaine, ainsi que deux ou trois fromages bien affinés qu'il ne serait pas nécessaire de conserver au réfrigérateur, selon le vendeur. Dans un magasin de diététique j'ai trouvé un assortiment de pâtés de légumes, des sachets d'amandes et de noix, des boîtes de haricots et de pois, ainsi que des bocaux de maïs. J'étais soulagée en constatant que je laissais peu de traces : ma razzia faisait à peine diminuer les ressources alimentaires de l'univers.

Dans une papeterie j'ai déniché un petit cahier à la couverture en toile vert olive, au dos cousu et aux feuillets réglés. Il est encore vierge. J'ai le sentiment d'être au seuil d'une étape nouvelle, au commencement de quelque chose que l'on devine à peine.

Mes courses terminées, j'ai tiré autant d'argent que j'ai pu avec ma carte de crédit. J'ai hélé un taxi, fourré tous mes achats dans la voiture et demandé au chauffeur de me conduire au magasin où j'avais laissé mon télescope. Je l'ai mis dans le coffre, puis je me suis fait ramener à Clairon – un trajet d'une bonne heure à travers des paysages tantôt éclairés par le soleil, tantôt plongés dans la grisaille ou arrosés de pluie. Nous y sommes arrivés bien avant le retour de Thomas, il faisait encore jour et la pluie avait momentanément cessé.

Après avoir payé le taxi, j'ai transporté mes sacs de courses dans l'entrée, puis je les ai déposés dans la chambre d'amis. Il faisait froid dans la maison ; les braises de la cheminée étaient éteintes et personne n'avait allumé le chauffage. J'ai poussé le thermostat, car je m'étais soudain mise à grelotter.

Mes draps de rechange se trouvaient dans deux bacs en plastique. J'ai empilé les draps sur une étagère, mis mes achats dans les bacs et rangé le surplus dans un carton trouvé dans la remise. Puis j'ai tout enfoui sous le lit.

Pendant que je pliais les derniers sacs vides, il a commencé à faire nuit. Quand la pluie a repris, je me suis retirée dans la chambre. De la fenêtre j'ai vu notre voisin se hâter le long de la clôture. Peu de temps après j'ai entendu Thomas arriver, et la lumière du couloir n'a pas tardé à s'infiltrer sous ma porte.

Cette journée mouvementée m'a fatiguée. Mais c'est une fatigue étrange, pleine d'énergie. Mon cerveau ne cesse de mouliner. J'ai le sentiment d'être lancée dans une nouvelle direction, d'avoir changé de vitesse. Surtout, ma taille a bien diminué : j'ai retrouvé mes véritables proportions. Est-ce à force d'observer le ciel ? Ou parce que j'ai parcouru des distances plus grandes que d'habitude, pris des trains, déambulé dans des rues inconnues ? Ou tout simplement parce que j'ai élargi la zone de mes achats, que je me suis contentée de prélever de minuscules fragments d'un univers gigantesque ? Si on considère l'immensité du monde, je n'en soustrais pas grand-chose. Je me sens plus légère, plus agile. Je peux prendre une nouvelle direction. Le monstre a suffisamment rapetissé, ma présence dans le monde devient insignifiante. Les agissements d'un être humain bloqué au dix-huit novembre ne portent guère à conséquence.

246

Mes courses ont été couronnées de succès. Quand je me suis réveillée ce matin, mes achats étaient encore là. Le carton et les bacs en plastique sont pleins, les sachets de thé et de café sont rangés derrière ma bouilloire électrique, mes réserves sont bien remplies. Je me sens tranquille, insouciante. Le monde est intact ; on remarque à peine qu'un petit animal nuisible y a fait une razzia.

Seul mon cahier vert a disparu. Posé sur la table, il était prêt à accueillir mes pensées, mes observations, mes réflexions. À recevoir les phrases brisées et celles qui guérissent. À abriter mes doutes et mes hésitations, mes questions et mes inquiétudes, mes espoirs et mes humeurs. Et mes couleurs ou je ne sais quoi. Il était censé ouvrir un nouveau chapitre. Sur la vie d'un tout petit monstre au cœur de l'univers. Je ne sais plus si une nouvelle étape a commencé. Ou va commencer. Mais je sais que je regarderai le ciel de plus près.

251

J'ai passé les dernières nuits dehors, avec mon télescope. Je sors tard, quand le ciel est dégagé. Le temps est frisquet et l'air humide, mais des éclaircies me permettent d'observer le firmament pendant une heure ou deux.

Je suis allée chercher une robe en laine dans la commode de la chambre à coucher. Ainsi que des écharpes et une paire de molletières. Je me couche tôt, dors quelques heures et me réveille au milieu de la nuit. Quand je suis certaine que le silence règne au-dessus de ma tête, je sors sans faire de bruit, vêtue de ma robe en laine, enveloppée d'un gilet et enroulée dans une couverture. Ainsi je garderai la chaleur en observant le ciel du dix-huit novembre.

256

J'ai découvert de nouveaux chemins pour traverser la journée. Je dors jusqu'au milieu de la matinée. Je ne me lève qu'après le départ de Thomas. Je m'assieds dans le séjour ou reste dans ma chambre. J'ouvre des sachets et des boîtes de conserve. Je sors des paquets de noix et de caramels de dessous mon lit. J'aurais aimé inviter Thomas à partager mon festin, mais il faudrait lui raconter deux cent cinquante-six journées et ce serait trop long.

Je me couche de bonne heure pour être prête à affronter la nuit. Avant de me mettre au lit, je prépare toujours mon rendez-vous avec le ciel. J'ouvre mon atlas astronomique, j'étudie les étoiles et les planètes. Dans la bibliothèque du séjour j'ai découvert la carte des étoiles du vieux Selter. Elle comprend un disque qu'on peut tourner selon les saisons pour retrouver le ciel du moment. Je savais que la carte était là, et le lendemain de mon voyage à Lille je suis allée la chercher. Je l'ai réglée à la mi-novembre. Il a fallu deux ou trois jours pour qu'elle cesse de bouger, mais elle ne revient plus à sa position initiale. Elle affichait toujours un ciel de printemps : ce devait être la saison où on l'avait utilisée pour la dernière fois. Sans doute lors d'une de nos visites au grand-père de Thomas, quand nous étions sortis pour observer les constellations. Je ne me souviens plus pourquoi le vieux Selter était allé chercher sa carte, j'ai oublié ce qu'il voulait nous montrer, mais je me rappelle qu'il l'avait ajustée pour nous permettre d'identifier les étoiles. Aujourd'hui, cet épisode me semble appartenir à une autre vie. Une vie où le ciel était différent, où il changeait au cours de l'année. À présent je n'ai pas besoin de tourner le disque, le ciel d'automne me suffit.

259

Je commence à me sentir chez moi en sortant dans la nuit. Je lève les yeux, je me dis que c'est ici que j'habite. Sur la pelouse mouillée du dix-huit novembre. Sous les lunes, les étoiles et les planètes. J'habite sous une lune terrestre aux paysages blanchâtres. Grande et proche, elle est couverte de cratères et de pistes d'atterrissage. J'habite sous Saturne, avec son anneau apparaissant comme une sorte de brouillard. Sous Jupiter avec ses nombreuses lunes. J'en distingue trois avec mon télescope : Io, Europe et Ganymède. Callisto est cachée, et leurs sœurs sont trop petites. Mais j'observe d'autres corps célestes, des étoiles de toutes les tailles, des constellations compactes et de gros lumignons solitaires. Je reconnais Castor et Pollux. Je me promène sous Orion. Je contemple les pluies des Léonides. J'ai découvert l'endroit où apparaissent leurs fins traits lumineux. Elles sont prévisibles, elles se répètent ; debout dans l'herbe, je les vois passer tranquillement devant la lentille de mon télescope. Je vis sous les Pléiades ; elles sont lointaines et minuscules. Je penche la tête en arrière, règle mon télescope et le braque sur elles pendant que les nuages flottent dans le ciel.

Je reste dehors jusqu'à tard dans la nuit. Je me sens chez moi, je me tourne vers le nord et le sud, vers l'est et l'ouest. Je respire sous un ciel étoilé. Je découvre des images, je fais des mises au point, je rentre et me couche pour dormir. Je respire dans une maison surplombée d'étoiles. À mon réveil, les bruits familiers me parviennent une fois de plus et je me dis qu'il sera bientôt temps de retrouver le ciel.

262

Quand je suis rassasiée de corps célestes, je plie ma couverture et rentre à la maison avec mon télescope. Je le range, ferme la porte du jardin dont la serrure fait un léger déclic, retourne dans la chambre d'amis et me barricade à nouveau.

Je passe mes nuits à observer le ciel, mais je reviens toujours. Dans la maison où Thomas dort. Je respecte le silence, car il ne faut pas le réveiller. Il ne faut pas bousculer son schéma de comportement. Je bouge avec précaution. C'est Thomas qui habite ici ; moi, je ne suis qu'une invitée.

Dans la journée, j'obéis aux bruits. C'est Thomas qui dirige tout. Selon un schéma qui existait déjà à mon retour de Paris. Et peut-être même avant. C'est son schéma à lui ; j'y suis étrangère. Pendant les journées que nous avons passées ensemble, j'y ai fait irruption, mais je ne veux plus jouer les intruses. J'écoute et je m'adapte. J'entends l'eau dans les canalisations, la bouilloire que l'on pose sur le gaz. J'entends la pluie, les bruits de la cuisine et du séjour. Pour Thomas, ce n'est qu'une journée banale, intercalée entre la veille et le lendemain ; pour moi, elle obéit à un schéma. Thomas exécute des actions, fait des pauses, sort et rentre. Il est un bruit ou un silence. Je me glisse dans ce cadre. Il ignore qu'en l'écoutant je me fraie un chemin à travers sa journée. Et la nuit je m'habille pour les étoiles. Je porte de la laine, je me couvre de poils, je me pare pour affronter l'obscurité et j'observe le ciel, debout dans l'herbe. Puis je rentre, referme la porte derrière moi et me glisse dans mes draps froids. Mais le manque de chaleur ne me gêne pas : je me couche tout habillée en serrant la couette autour de moi.

J'occupe la chambre d'amis, car je suis une invitée. Je suis allongée dans le lit, car je suis quelqu'un qui dort. Je viens d'observer le ciel, et je me suis sentie chez moi sous les étoiles. J'apprends à connaître le firmament. Suis-je une brebis contemplant les étoiles, ou un tout petit monstre vêtu de laine ?

274

Le télescope, c'était une erreur. Ou plutôt, c'était une erreur de croire qu'il réduirait la taille des monstres.

Chaque nuit, je suis sortie dans l'obscurité. Je m'y sens chez moi. J'y habite ; j'en suis venue à m'imaginer que je diminuerais de taille à force de contempler l'immensité du ciel. Mais ce n'est pas vrai. Pas avec un télescope. On finit par avoir le regard affamé, les yeux plus gros que le ventre, on s'impose, on devient importun. On se mêle des affaires du ciel. Je m'aperçois que je ne cesse de grossir à mesure que j'apprends à le connaître. En nommant les étoiles, en explorant la surface de la lune, j'envahis l'espace, je remplis l'univers. C'est une autre manière de se comporter en monstre. Dans l'obscurité. Dans le jardin. Un monstre aux yeux avides. Un monstre vêtu de laine.

Je m'en rends compte en rentrant après une nuit dans l'herbe. Le ciel ne me change plus en un monstre réduit. Je sens la chambre se resserrer autour de moi, tel un vêtement devenu trop petit. Comme le manteau d'hiver de mon enfance, dans lequel je ne rentrais déjà plus à l'arrivée du printemps. Je pense à ma sœur qui allait en hériter, à la doublure usée, à la sensation d'avoir les épaules comprimées.

Mais je continuais à grandir, les manches devenaient trop courtes, la doublure s'effilochait et ma sœur m'aidait à l'abîmer davantage, car elle devait en hériter, et elle n'en voulait pas. Si le manteau était encore en bon état, elle serait obligée de le porter. Nous nous sommes liguées pour le déchirer, et au printemps il n'était plus présentable. À l'automne on nous a finalement offert des manteaux neufs. Ils étaient bleus, et le plus grand était le mien. Les manches étaient un peu trop longues, mais au début de l'hiver elles étaient déjà à la bonne taille.

Je vis maintenant dans une chambre qui me serre, j'ai trop poussé et je me promène parfois en ville pour chercher une nouvelle maison.

276

Il y a des maisons inhabitées à Clairon. Certaines sont à louer, d'autres sont à vendre. D'autres encore sont vides parce que leurs habitants sont absents le dix-huit novembre.

Je ne sais pas si cela me sera utile, mais je commence à m'y intéresser de plus près. Parfois je sors me promener au milieu de la nuit. Ou je parcours les rues au crépuscule avec mon parapluie. Je regarde s'il y a de la lumière. En fin de soirée, je ressors discrètement, je rôde autour des maisons que j'ai repérées, et je vois que certaines sont toujours plongées dans le noir. Je pénètre dans les jardins, je cherche les clés en fouillant dans les remises, sous les lampadaires du perron ou dans les pots de fleurs sur la terrasse. Parfois j'ai de la chance. J'ai visité des maisons inconnues en pleine nuit, mais je n'en ai pas encore trouvé une que je pourrais habiter.

279

Aujourd'hui je suis allée voir l'agent immobilier de la rue Charlemagne. Je suis sortie sans attendre le départ de Thomas. J'ai d'abord fait un tour dans une agence près de la place Mignolet. Je m'y suis renseignée sur certaines maisons que j'avais observées pendant la nuit. Deux d'entre elles étaient en vente, mais leur emplacement ne me convenait pas. Rue Charlemagne, j'en ai découvert d'autres, dont une qui m'intéressait. J'ai demandé à la visiter, mais l'agent immobilier était trop occupé. Quand je lui ai expliqué que je ne pourrais pas revenir le lendemain, il m'a proposé de me confier les clés, au cas où je voudrais y jeter un coup d'œil toute seule. Naturellement, j'ai accepté. Bravant de nouveau la pluie, je n'ai pas tardé à découvrir la rue de l'Ermitage, où se trouvait la maison. C'est une rue qui mène à la forêt, au fleuve et au vieux moulin. Ce n'est pas celle que prend Thomas, mais la sienne n'est pas loin.

La maison était recouverte d'un crépi gris clair. Elle comprenait une cuisine et une salle de bains, un séjour au rez-de-chaussée et des chambres à l'étage.

La cuisine était équipée d'un réfrigérateur, d'une cuisinière et d'une bouilloire électrique, et il y avait des lits dans les chambres. Manifestement, elle était inhabitée depuis un moment. Pour éviter les moisissures, on avait laissé la porte du réfrigérateur ouverte, et on avait emporté les draps. Sinon, il y avait tout le nécessaire. En un quart d'heure j'ai fait le tour des pièces. M'y installer serait un jeu d'enfant : il me suffirait d'apporter mes propres draps, mon sac et mes livres. Et le télescope.

En rentrant, je suis passée chez le serrurier me faire faire un second jeu de clés. Devant la facilité de mon futur déménagement, je me suis dit que ce serait douloureux. Ce serait douloureux de quitter Thomas. Même s'il ne me restait de lui que ses bruits.

Après avoir rendu les clés qu'on m'avait prêtées, je suis retournée dans la maison. Mes nouvelles clés fonctionnaient parfaitement. Je me suis assise dans le séjour, où flottait une légère odeur de moisi. Le chauffage central était coupé, mais l'électricité marchait, et j'ai décidé d'acheter un radiateur soufflant. Au bout d'un moment, il a recommencé à pleuvoir. Ici, la pluie résonnait différemment ; peut-être à cause de la pente du toit, ou de la direction du vent, je n'en sais rien. En tout cas, elle m'a semblé tambouriner moins fort que chez nous. Plus tendrement, en quelque sorte. Nous étions en milieu de journée, et j'ai constaté que les averses se succédaient au même rythme. De la cuisine on voyait les champs, et l'arrière donnait sur une petite cour poussiéreuse. Je n'ai pas aperçu les voisins. La maison était située de telle sorte qu'ils ne remarqueraient sans doute pas ma présence si je m'y installais.

281

Hier, je suis passée dans une autre agence. Une femme m'a accueillie ; elle avait le temps de me faire visiter une maison qui m'intéressait, et m'en a proposé d'autres à voir dans la foulée. Dans la première, les clés étaient cachées sous une jarre de fleurs. Elle était plus belle que celle de la rue de l'Ermitage et ne sentait pas le moisi, mais les voisins étaient trop près. De leur séjour, ils avaient vue sur la cuisine. Ils se poseraient des questions si quelqu'un s'y installait. Je tenais à éviter les questions.

Dans la suivante, la femme est allée chercher les clés dans la remise, derrière une pile de bois. Là, je pourrais faire un feu de cheminée et m'asseoir dans le séjour pour lire, ai-je pensé. Mais le stock de bois ne tarderait pas à diminuer, je verrais le passage du temps et les dévastations du monstre. J'ai fini par opter pour la maison de la rue de l'Ermitage. J'ai acheté un radiateur soufflant, rempli un cabas de toutes sortes de victuailles, emballé le télescope dans son sac de transport et rassemblé mes papiers dans une chemise. Pendant l'absence de Thomas, j'ai pris mes vêtements et mes draps, glissé mes livres dans mon sac de voyage et en ai récupéré d'autres dans la bibliothèque du séjour. Puis j'ai transporté mes affaires dans ma nouvelle maison avant de retourner dans la chambre d'amis.

J'étais indécise. Assaillie par le doute. Plusieurs fois j'ai failli me lever, sortir dans le couloir, frapper à la porte du séjour et tout raconter à Thomas. J'ai même pensé lui proposer d'emménager avec moi rue de l'Ermitage. Ou de partir en voyage. Mais j'en suis restée à me demander s'il fallait vraiment frapper avant d'entrer. Un monstre frappe-t-il aux portes ? Ou fait-il irruption sans crier gare ? Son apparition serait-elle moins effrayante s'il faisait preuve de politesse ?

288

Assise dans la maison grise de la rue de l'Ermitage, je viens de feuilleter un vieux manuel de jardinage trouvé au grenier. Le chapitre consacré aux potagers ne m'est pas d'une grande utilité, car on ne peut rien faire pousser le dix-huit novembre. D'ailleurs, la maison n'est pas entourée d'un jardin. Il n'y a ni poireaux, ni blettes, ni oignons entreposés dans la remise, et je n'ai pas vu le moindre plan de rotation des cultures. Rien ne m'oblige à penser que nous sommes en novembre, rien ne me rappelle qu'il n'y a plus de saisons. Rien ne me force à me considérer comme une invitée, car la maison est vide. Quand je m'assieds dans la cuisine, je n'entends personne marcher dans l'escalier. Personne ne frôle les murs de sa manche, personne ne pose de bouilloire sur la cuisinière. La porte du réfrigérateur se referme silencieusement, et les canalisations ne gargouillent que si j'ouvre moi-même un robinet.

Je suis seule. Je suis seule et à l'abri. Je suis à l'abri des gargouillis et des grésillements, des bruissements des sacs en plastique, des portes de réfrigérateur heurtant les tables de cuisine. À l'abri du tintamarre, des allées et venues, des gonds qui grincent. Je ne suis pas à l'abri de la pluie. Je l'entends frapper le toit et la vois cingler les vitres de la cuisine quand elle se met à tomber plus dru. Elle dissout le paysage, qui réapparaît quand elle s'arrête. Même jour, même temps, même pluie. J'ai réussi à faire disparaître l'odeur de moisi. J'ai gratté les taches de salpêtre et nettoyé le réfrigérateur, car il sentait un peu malgré la porte laissée ouverte. Quand il fait trop froid, je mets en route mon radiateur soufflant ; si cela ne suffit pas, j'allume le four de la cuisine. Je fais cuire du pain, je prépare des plats qui mijotent longuement sur la cuisinière. Ainsi, il y a quand même des bruits.

298

Cela me frappe surtout le matin. Parfois je crois me réveiller un autre jour. En septembre. À cause de la lumière qui filtre à travers la fenêtre, du souffle d'air quand j'ouvre la porte. Une brise tiède qui cesse au bout de quelques secondes. Des éclairs s'allument et s'éteignent, comme si des brèches s'ouvraient dans ma journée. Comme si un autre temps courait sous mes journées : une année normale remontant des profondeurs. Je guette l'apparition des brèches, je me promène en ville à la recherche de septembre. Je hume l'air, tel un chien. Tout cela dure un bref instant avant de disparaître.

317

Je me suis mise à faire des projets. Dans la forêt. Pas dans la cour derrière la maison. Ni dans l'obscurité, avec mon télescope. Ni dans les rues, quand je me promène avec mon parapluie et mon sac sur l'épaule en me demandant si je ressemble à un monstre ou à un être humain. Seulement parmi les arbres, sur les sentiers ou dans les clairières jonchées de feuilles jaunes ou marron. J'ai profité d'une absence de Thomas pour aller chercher mes bottes d'hiver dans le placard de l'entrée. Et à présent je marche dans la forêt. J'évite le trajet de Thomas et ne le croise jamais. Si je m'approche des chemins qu'il prend, je bifurque aussitôt. Il me faut encore du temps pour lui faire face. Je fais demi-tour, je reviens en arrière. Les sentiers sont mouillés. Je glisse sur les feuilles mortes ; aux endroits où la terre est à nu, je sens l'humidité. Elle pénètre dans mes bottes, elle m'empêche d'avancer, je dois arracher mes pieds du sol à chaque pas.

Thomas suit d'autres chemins. Des chemins empierrés ou gravillonnés. Je suis équipée pour marcher sur la terre et les feuilles mortes, je me tiens à distance du fleuve et du vieux moulin, je me dirige vers le fond de la forêt, nous sommes à la mi-novembre, mais il y a encore des feuilles aux arbres et je me croirais presque en septembre. Ou peut-être en octobre. La forêt semble s'ouvrir. Quelque chose court sous ma journée de novembre, la forêt m'aspire, elle ne veut pas que je m'en aille. Elle colle à mes semelles, je crois qu'elle veut me parler de septembre et d'octobre, mais je continue de marcher, car je sais que nous sommes en novembre.

Je sors à des heures différentes. Il pleut légèrement, parfois le soleil pénètre entre les arbres. L'après-midi, je marche dans les champs, à la lisière de la forêt. Je me mets en condition. Je foule les sentiers sous la pluie, je fais des projets. Après avoir traversé la forêt, je retourne dans la maison de la rue de l'Ermitage. Je reviens parfois trempée et frigorifiée, mais j'installe mon radiateur soufflant dans la cuisine. Je ferme la porte, branche le radiateur, fais chauffer de l'eau dans ma bouilloire, allume le gril du four et prépare des toasts sous la résistance rougie. Il fait chaud dans la cuisine et la journée se termine avant même que je ne m'en aperçoive.

339

Il est venu droit vers moi. Thomas. Il ne m'a pas vue avant d'être tout près. J'étais seulement une femme assise sur un banc, puis je me suis transformée en Tara.

Je m'étais installée sur un banc adossé à un muret en pierres, à la lisière de la forêt. Il y avait quelques voitures sur le parking, mais je n'ai vu personne avant l'apparition de Thomas. Il marchait entre les arbres. Sans lettres ni paquets. Avec seulement un sac en bandoulière.

Il ne s'attendait pas à me trouver là. Il me croyait à Paris. Il s'est approché, je lui ai fait signe de la main et il s'est arrêté, l'air surpris.

Je lui ai tout dit. Est-ce qu'il voulait bien s'asseoir à côté de moi ? Sinon, nous pourrions nous promener dans la forêt. Il préférait se promener, a-t-il répondu. Pendant que nous marchions côte à côte, je lui ai de nouveau raconté le dix-huit novembre. Il a eu droit à toute l'histoire, avec fantômes, monstres, télescopes et agents immobiliers. Je lui ai parlé de mes bottes d'hiver, de la terre qui collait à mes semelles, de la maison grise où la porte du réfrigérateur se refermait doucement toute seule au lieu de heurter la table.

Pour éviter les endroits détrempés, nous avons suivi les sentiers empierrés ou gravillonnés. Nous sommes descendus jusqu'au vieux moulin en prenant les chemins de Thomas. Peu avant le crépuscule nous sommes retournés au parking par les berges du fleuve. J'ai insisté pour qu'il rentre avec moi. Il a hésité. Je lui avais parlé de la maison de la rue de l'Ermitage, mais je n'avais rien dit de mes projets.

Je lui ai ouvert la porte. Il était mon invité, même si je ne faisais qu'emprunter la maison. Je lui ai servi du café dans des verres ; il y en avait plein dans les placards, mais je n'avais qu'une seule tasse. Assis dans la cuisine, nous avons écouté la pluie. Je l'avais fait entrer à temps, il ne s'était pas fait surprendre par l'averse. J'avais acheté du chocolat à l'orange. Dans un magasin spécialisé de la place Mignolet, pas dans le supermarché habituel.

Mon plan était de retourner à Paris, ai-je dit. Je voulais boucler la boucle, avancer jusqu'au dix-huit novembre de l'année suivante. Et je voulais que Thomas vienne avec moi. J'avais besoin d'aide. Il me fallait une ancre, une ligne de sauvetage, une amarre. Quelqu'un de solide. J'en étais à trois cent trente-neuf jours, bientôt cela ferait une année entière. En étais-je certaine ? Oui, je l'étais. Ou presque. Au bout de trois cent soixante-cinq jours, j'y serais. Car l'année n'était pas bissextile, je l'avais vérifié.

J'ai expliqué que j'avais senti un autre temps courir sous mes journées de novembre. Un temps où existaient les mois de septembre et d'octobre. Le monde était poreux, il comportait des brèches, en dessous il y avait une autre année. L'idée m'avait déjà effleurée, mais je ne m'en étais vraiment rendu compte que depuis peu. Depuis que je vivais dans la maison de la rue de l'Ermitage. La certitude m'était apparue pendant mes promenades en forêt. Un nouveau dix-huit novembre allait venir, il nous offrirait une porte de sortie. Il suffirait de sauter dedans quand il se présenterait, de s'y accrocher, de se hisser à bord. Ensemble, nous pourrions chercher le chemin. Ensemble, nous découvririons un moyen de nous échapper, de retrouver un temps normal. Il fallait revenir à l'endroit où tout avait commencé. Accepterait-il de m'accompagner ? Il serait mon ancre, ma ligne de sauvetage, mon amarre. Nous pourrions descendre à l'Hôtel du Lison, comme d'habitude, et y prendre notre petit déjeuner. Nous verrions la tranche de pain faire son vol plané. Et nous réussirions peut-être à l'attraper avant qu'elle ne s'écrase par terre. Nous réparerions la journée. Nous remettrions les livres sur leurs étagères. Nous rendrions visite à Philip et Marie, nous nous attablerions autour du comptoir. Nous y retrouverions le sesterce dans son écrin. J'en étais certaine. Dans l'arrière-boutique, le radiateur à gaz serait couvert de poussière. Grâce à nos efforts, la journée se remettrait d'aplomb.

Il a hésité. Que faire ? Toutes les possibilités étaient ouvertes, ai-je répondu. Ensemble, nous ferions le bon choix. Je lui ai proposé plusieurs scénarios. Nous pourrions revivre mon dix-huit novembre et terminer la journée chez Philip et Marie. Nous irions chercher le radiateur à gaz dans l'arrière-boutique, nous l'allumerions, je me brûlerais de nouveau la main. Nous pourrions tout reproduire. Il avait des doutes. À quoi bon reproduire une journée qui se reproduisait toute seule ?

Nous pourrions aussi faire le contraire. Ou autre chose. Nous pourrions tout inverser. Créer une contre-image. Thomas pourrait prendre ma place. C'était peut-être ça, la solution. La pièce manquante, c'était peut-être lui. Je l'instruirais de tous les détails, ce ne serait pas compliqué. Certes, il faudrait qu'il accepte de se brûler, mais sa blessure guérirait vite. Il se lèverait pour pousser le radiateur en posant sa main sur le couvercle. Ça ne prendrait que quelques secondes. Il souffrirait à peine. On lui apporterait un bol d'eau froide. Il achèterait du sparadrap, de la crème antiseptique. Il y aurait des glaçons à l'hôtel. Je l'aiderais, il n'avait aucune raison de s'inquiéter.

Je l'ai vu regarder autour de lui, bouger sa chaise, jeter un coup d'œil sur la porte. Il cherchait une issue.

Ou alors nous pourrions traverser la journée par d'autres chemins, ai-je dit. Lesquels ? Nous choisirions au moment opportun. Mais j'étais persuadée qu'il fallait attendre que le dix-huit novembre revienne. J'avais entendu l'année sourdre à travers les brèches de la journée. J'ai insisté : en faisant bien attention, il se rendrait peut-être compte que l'air était celui d'octobre. Dans peu de temps nous serions en novembre ; à l'approche du dix-huit, nous partirions.

Il m'a dévisagée. Il pensait que j'étais folle, illuminée, bonne pour l'asile, je l'ai bien compris. Il a de nouveau regardé autour de lui. Il paraissait fatigué, et j'ai soudain senti l'odeur de moisi dont je pensais être venue à bout. J'ai jeté un coup d'œil sur nos verres ; il n'y restait plus qu'un petit fond de liquide marron. J'ai eu un frisson. J'avais pourtant allumé le radiateur soufflant dès notre arrivée.

Thomas pensait que je devais revenir à la maison avec lui. D'ailleurs, il avait faim. J'ai poussé vers lui le reste de chocolat, mais il n'y a pas touché. Quand la pluie s'est calmée, nous avons coupé le radiateur et nous sommes partis. En chemin, nous sommes passés devant une pizzeria. Nous voulions acheter une pizza pour notre dîner, et nous en avons finalement pris deux, car nous étions incapables de choisir.

J'ai fait un rapide calcul. Si nous avions fait pareil chaque dix-huit novembre depuis mon retour de Paris, nous en serions à six cent soixante-seize cartons de pizza. À six cent soixante-seize pizzas. Je n'ai rien dit. Pendant que j'attendais notre commande, Thomas est allé chez le caviste acheter deux bouteilles de vin. Une de rouge et une de blanc, car il était incapable de choisir.

Je le voyais à son visage : il était perplexe. Il avait peut-être raison : j'étais réellement devenue folle. Mais il confondait la cause et l'effet. Je n'étais pas folle au point d'imaginer que j'avais vécu trois cent trente-neuf dix-huit novembre. Si je l'étais devenue, c'était parce que je les avais réellement vécus. Le dix-huit novembre m'avait perturbé l'esprit. Il me fallait sortir de là. J'aurais voulu qu'il m'aide, mais je savais déjà que c'était une chimère. Il était prisonnier de son schéma, il ne pouvait rien pour moi.

Il aurait préféré ne pas me croire, mais ce n'était pas possible. Au moment de pénétrer dans la forêt, j'ai pu lui annoncer qu'une voiture allait se garer sur le parking quelques secondes plus tard, j'ai pu lui dire à quel moment le soleil allait apparaître, j'ai pu lui décrire dans les moindres détails les variations de la pluie. Il était bien obligé de me croire. Pourtant, il n'avait pas tort : je perdais la tête, je n'avais plus toutes mes facultés mentales, ma raison s'était évaporée. Et ça l'inquiétait. Il aurait voulu passer une soirée tranquille et se réveiller dans un monde normal. Mais ce n'était pas possible non plus.

Nous avons passé la soirée dans nos fauteuils, avec nos pizzas et notre vin rouge. Manifestement, il n'avait aucune envie de m'accompagner à Paris. Il ne voulait pas faire partie de mes projets. Il pensait que c'était inutile. Qu'il fallait attendre. Que je devais rester là, avec lui. Jusqu'à demain, a-t-il dit. Il voulait parler du dix-neuf. Mais demain nous serions de nouveau le dix-huit, ai-je rétorqué. Il n'en était pas certain. Selon lui, il fallait prendre un jour après l'autre. Il a insisté. Avec un peu de chance, nous nous réveillerions le dix-neuf novembre. Tôt ou tard, le temps reprendrait sa marche en avant. Peut-être d'un seul coup. Peut-être dès demain. Il avait peut-être la faculté de se réparer tout seul. Qui sait si nous ne nous réveillerions pas dans une maison de

Clairon-sous-Bois, le dix-neuf novembre, en étant redevenus T. & T. Selter.

J'avais espéré l'entendre dire ces mots. Pourtant, ils sonnaient faux. Comme s'il ne les prononçait que pour éviter de m'accompagner, et non pas pour me faire partager son espoir. Mais il ne fallait sans doute pas trop lui en demander. J'aurais mieux fait de ne pas lui proposer de se brûler la main. Je savais pourtant que ce n'était pas cela qui avait fait pencher la balance. De toute façon, il aurait refusé. J'avais simplement voulu lui offrir une porte de sortie. Lui donner une raison de ne pas venir avec moi. Lui tendre une perche.

J'ai insisté : nous devions faire des plans. Il pensait qu'il valait mieux attendre. *On ne peut pas tout planifier*, a-t-il dit. Parfois il faut simplement se tenir prêt. Prendre les journées comme elles viennent. Être attentif. Quelque chose finirait par surgir. Une possibilité. Une sortie de secours. Il serait peut-être préférable que j'aille seule à Paris. Si je me promenais là-bas vers la fin de l'année, ma perspicacité me ferait découvrir le chemin. Grâce à tes dons, tu y arriveras, a-t-il ajouté. Grâce à ton sens des détails.

S'il parlait ainsi, c'est parce qu'il ne voulait pas venir avec moi. Il préférait suivre son schéma. Je le savais, il le savait. Pourquoi le contredire ?

Thomas pensait que nous devions aller nous coucher. Et laisser la nuit agir. Je n'ai pas protesté. Mais plus tard, quand il dormait déjà, j'ai quitté la chambre sur la pointe des pieds. J'ai descendu l'escalier, enfilé mes bottes et décroché mon manteau. Puis j'ai ouvert la porte en essayant de ne pas faire de bruit. Au moment de sortir, j'ai entendu Thomas dans l'escalier. Il savait parfaitement où j'allais, a-t-il dit. J'ai hoché la tête et refermé la porte derrière moi. Puis j'ai refait le même trajet qu'un peu plus tôt, mais en sens inverse.

Le ciel nocturne était presque entièrement couvert, mais les nuages dérivaient vers le nord-est et n'allaient pas tarder à se dissiper. Je suis retournée dans ma maison de la rue de l'Ermitage. La fenêtre de la cuisine était éclairée, car nous avions oublié d'éteindre en partant. Et la porte n'était pas fermée à clé. À l'intérieur il faisait froid, car nous avions pensé à couper le chauffage. Nos verres traînaient encore sur la table, ainsi que le reste du chocolat. Je suis allée chercher mes papiers dans le séjour, puis j'ai rangé les verres et mangé le chocolat.

Je n'ai pas enlevé mes bottes, mais mon manteau est posé sur une chaise. J'ai toujours des projets. Des sortes de projets. Je ne sais pas si on peut encore les qualifier ainsi. Tout est flou, ouvert. Ce sont des scénarios, des possibilités. Pas vraiment des projets. J'imagine une sortie du dix-huit novembre. J'ignore à quoi ressemble le chemin, mais je sais que Thomas ne m'accompagnera pas.

340

Une journée d'octobre, ai-je pensé en me réveillant. L'après-midi était déjà bien avancé et je me sentais reposée, l'esprit clair. Des rayons de soleil pénétraient par la fenêtre, et j'étais allongée sur le lit, entièrement habillée ; je n'avais enlevé que mes bottes et mon manteau. Un nuage est venu cacher le soleil ; quand il a disparu, je me suis levée. J'ai ramassé mes bottes, les ai emportées au rez-de-chaussée et les ai posées dans l'entrée, où le carrelage baignait dans une lumière d'octobre. On apercevait un pan de ciel bleu, mais j'ai vite retrouvé la sensation d'être en novembre. Après avoir refermé la porte derrière moi, je me suis installée à la table de la cuisine. Je suis maintenant devant mes papiers, mon manteau est toujours sur la chaise, il fait frisquet et j'ai allumé mon radiateur soufflant. D'après mes calculs, nous sommes le vingt-trois octobre. C'est sans doute cela que je perçois : un soleil d'octobre, mais seulement par intermittence.

348

Je commence à m'inquiéter. Je compte les jours, je viens d'écrire # 348 dans mon cahier. Je compte des jours de novembre, mais en regardant bien je devine les derniers rayons d'octobre.

Je prépare mon départ. Je fais mes bagages. Hier, pendant l'absence de Thomas, je suis allée récupérer quelques affaires : des livres, des ustensiles de cuisine, une brosse à reluire et une boîte de cirage que je ne fais qu'emprunter. Mes bottes sont de retour dans le placard où je les avais trouvées. J'ai aussi emporté la rame de papier rangée sur les étagères de la chambre d'amis, ainsi que des crayons et un stylo-bille. Au cas où j'aurais des choses à raconter.

J'ai mis de l'ordre dans la chambre d'amis. Je m'apprêtais à m'en aller quand j'ai pensé à mon téléphone. Après l'avoir cherché partout, j'ai fini par le trouver : il gisait dans la poussière, sous le lit. Il ne fonctionnait pas, mais je me suis empressée de le glisser dans mon sac. Puis j'ai quitté la maison en fermant la porte derrière moi. Et j'ai emporté la clé.

C'était une forme d'adieu. J'étais une invitée ; la clé n'était qu'un emprunt, j'aurais dû la rendre. Finalement, j'y ai renoncé et je suis allée au centre-ville faire examiner mon téléphone. Il était déchargé et la carte SIM était défectueuse, mais on me l'a vite remis en état. J'ai acheté un nouveau chargeur, car je ne sais pas ce que j'ai fait de l'ancien. Ainsi, je suis prête à partir. J'ai posé mon passeport et mes vêtements sur la table, avec les livres du dix-sept et du dix-huit novembre. J'ai réuni mes papiers dans une chemise noire à élastiques et pris mon cahier où les journées se succèdent sous forme de traits et de chiffres. Tout est là, à côté de moi, dans la cuisine de la rue de l'Ermitage. Je m'apprête à m'en aller. Je veux quitter le dix-huit novembre. Je veux trouver une sortie, et l'idée me fait peur.

349

À présent je le sens : une année court sous mon dix-huit novembre. Je ne peux pas le dire autrement. Je referme la boucle. Je veux laisser derrière moi cette année automnale. Accéder à une année différente. À un autre temps.

Ce matin j'ai quitté la maison de la rue de l'Ermitage. J'ai fermé la porte et caché la clé sous un pot de fleurs. Puis je suis allée à la gare, où j'ai pris un train pour Lille. J'ai continué jusqu'à Paris et je suis maintenant assise dans ma chambre à l'Hôtel du Lison. C'est l'après-midi. C'est la même ville, la même chambre, mais tout est différent. Une année va se terminer. C'est vers cela que je veux aller ; vers un terminus où apparaissent des brèches et des surfaces de fracture. Je suis en route.

Quand j'ai ouvert la porte de l'Hôtel du Lison, la réceptionniste a levé les yeux de son écran et m'a tendu la clé de la chambre 16, comme si de rien n'était. J'ai monté l'escalier jusqu'à la chambre que j'avais quittée près d'un an plus tôt. Le lit était fait et quelques-unes de mes affaires gisaient sur le couvre-lit : une boîte de pastilles à la menthe et un stylo-bille vert foncé marqué *7e Salon des Lumières*, qu'on m'avait remis à la vente du dix-sept novembre et que j'avais dû oublier en partant.

La chambre n'a rien d'un chez-soi. Elle m'est familière, mais ce n'est pas un chez-soi. D'ailleurs, en ai-je encore un ? Je ne suis plus chez moi dans la maison de Clairon, où Thomas obéit à son schéma. À l'heure qu'il est, il foule sans doute les tapis et le parquet après avoir accroché son manteau dans l'entrée. Je ne suis pas non plus chez moi dans la chambre donnant sur le jardin et la pile de bois. Ni dans la maison grise de la rue de l'Ermitage. Je n'ai plus de lieu. J'habite le dix-huit novembre. J'ai emménagé dans une journée d'automne, mais je veux m'en aller. Je ne veux plus jouer le jeu. Je m'apprête à sauter hors du dix-huit novembre.

Je suis assise devant le bureau de la chambre. Je mange mes pastilles du dix-sept novembre. D'un temps où les journées se succédaient. Le seize, le dix-sept, le dix-huit. Le dix-neuf.

J'essaie de raccommoder le temps, d'atteindre le dix-neuf. J'écris avec un stylo-bille vert foncé, et je pense au dix-neuf novembre. Approchez, dix-neuf, entrez donc.

350

Hier en fin d'après-midi, je suis passée devant la boutique de Philip Maurel. Il y avait de la lumière, et j'ai vu que Marie était seule. Je suis repassée dans l'autre sens, puis j'ai traversé la rue en diagonale et me suis arrêtée devant la vitrine. Sur le comptoir, trois pièces de monnaie étaient exposées dans des écrins. Il était quatre heures vingt ; je savais que Philip serait de retour avant cinq heures, mais j'ignorais à quel moment précis il rentrerait. Après avoir hésité quelques secondes, j'ai descendu les marches et poussé la porte d'entrée. Marie est venue à ma rencontre, manifestement sans me reconnaître. Après l'avoir saluée, je lui ai demandé la permission d'examiner les trois pièces de monnaie. Elle me les a montrées en m'expliquant aimablement leur histoire. Elle n'a pas manqué de remarquer que je m'intéressais particulièrement à celle du milieu. C'était un sesterce romain à l'effigie de l'empereur Antonin le Pieux, a-t-elle précisé. J'ai hoché la tête. En le sortant de son écrin, j'ai constaté qu'il ressemblait tout à fait à celui que j'avais offert à Thomas. Ou, plus exactement, que c'était la même pièce. Pourquoi faire semblant d'avoir des doutes ? Mon sesterce avait bel et bien retrouvé sa place sur le comptoir. Il était flanqué d'une pièce en argent représentant Castor et Pollux, et d'un denier en cuivre montrant le phare d'Alexandrie. C'étaient les pièces que j'avais vues lors de mon premier dix-huit novembre, et le sesterce était celui que j'avais acheté. J'en étais absolument certaine.

J'ai hésité un instant. J'ai failli me diriger vers l'arrière-boutique pour vérifier si le radiateur à gaz était toujours couvert de poussière. Mais le temps me manquait, et je me suis dit qu'il me fallait évoluer avec précaution dans le dix-huit novembre si je voulais garder un espoir de m'en échapper. J'avais peur de bousculer la journée. J'ai pris congé – un peu brusquement – puis j'ai quitté la boutique et retraversé la rue. En face, il y avait une petite épicerie. Mon panier sous le bras, j'ai pénétré entre les rayons au moment précis où Philip apparaissait. Il s'est arrêté devant sa vitrine pour faire un signe de la main à Marie, puis il est descendu jusqu'à l'entrée.

Il était cinq heures moins le quart lorsque j'ai quitté l'épicerie. Après avoir regardé autour de moi, j'ai pressé le pas et retraversé la rue. En continuant par la rue Almageste, j'ai constaté que ce dix-huit novembre était en tout point identique au premier. Devant un magasin, un chien marron attendait sa maîtresse, sa laisse attachée à une grille. J'étais certaine d'avoir vu la propriétaire de l'animal quitter le magasin lors de mon premier séjour. Et, en effet : quelques secondes plus tard, une femme est sortie, a défait la laisse et s'est éloignée avec son chien. J'ai bien reconnu son sac en plastique turquoise.

L'obscurité tombait dans le quartier de la rue Almageste. J'ai suivi la rue Renart jusqu'à la petite place où elle se termine. Après avoir parcouru le passage du Cirque, j'ai traversé le boulevard Chaminade et pénétré dans un café au coin de la rue Rainette.

Ces rues, je les connais depuis longtemps. Je les fréquentais déjà avant de rencontrer Thomas, car j'y ai vécu pendant un an quand j'étais étudiante.

Thomas n'est arrivé dans ma vie que deux ans plus tard, et nous avons connu Philip grâce à des amis communs habitant le passage du Cirque. Nos amis n'y sont plus, mais les rues et les jardins publics me demeurent familiers. La boutique de Philip y est située, ainsi que l'Hôtel du Lison. J'y retrouve les magasins où je faisais mes courses, et nos collègues libraires y sont installés. C'est un petit monde où je me promène avec plaisir, seule ou en compagnie de Thomas. Mais à présent le temps s'y est arrêté. Je voudrais un monde où le temps avance. Un monde où le dix-huit novembre serait un jour ordinaire, un jour qu'on pourrait laisser derrière soi.

En retournant à l'hôtel, je suis passée devant une librairie d'ancien que je ne connaissais pas. Devant l'entrée, quelques livres étaient exposés sur un présentoir éclairé par la lumière de la vitrine. Sur le dessus du présentoir, une feuille en plastique grisâtre était repliée en arrière, prête à être rabattue sur les livres en cas de pluie. J'aurais pu apprendre aux propriétaires du magasin que ce ne serait pas nécessaire. Ils pourraient sans crainte enlever leur feuille en plastique, car la pluie ne commencerait à tomber qu'après la fermeture, quand les livres seraient déjà en sécurité à l'intérieur.

Je me suis arrêtée quelques instants, mais sans entrer. De retour à l'hôtel, je me suis mise au lit, et je viens maintenant d'ouvrir les yeux. Comme d'habitude, nous sommes le dix-huit novembre. J'ai pris mon petit déjeuner, j'ai lu le journal que je connais désormais par cœur, j'ai assisté au vol plané de la tranche de pain et j'ai vu le client la ramasser discrètement avant d'aller chercher un croissant. Tout cela ne m'est que trop familier.

354

Que faire pour sortir du dix-huit novembre ? Comment y suis-je entrée ? En me trompant de porte ? En ouvrant celle des répétitions ? Je n'en sais rien. Je cherche la sortie. Si on parvient à y entrer, on doit aussi pouvoir en sortir, me dis-je. Mais comment ouvrir une porte qui s'obstine à rester fermée ? En y donnant un coup de pied ? En l'enfonçant ? En y mettant le feu ? Faut-il faire appel à un serrurier ? Formuler des vœux pieux ? Taper un code secret ? Prononcer une formule magique ? J'imagine que c'est à moi d'agir. Qu'il y a quelque chose à changer, une erreur à corriger. Peut-être faut-il simplement attendre le moment propice et frapper un grand coup.

Je me pose des questions. Le dix-huit novembre me paraît fragile. Comme si la journée était pleine de portes qu'il suffirait d'enfoncer. Je déambule dans le magasin de porcelaine du dix-huit novembre. Des verres, des objets en cristal du sol au plafond. Je peux me comporter en éléphant ou en papillon. Que faire ? Quitter ma journée avec fracas ou parcourir le monde d'un vol léger ? Mes battements d'ailes peuvent-ils provoquer une tornade ? Ou dois-je me jeter en avant tel un pachyderme pour faire tomber les murs ? Je n'en sais rien. En errant dans ces rues familières, je me dis qu'il serait facile d'agir. D'enfoncer les portes. Et si ce n'était pas la bonne méthode ? Ne vaudrait-il pas mieux y frapper doucement ? Mais à quelles portes, finalement ?

355

Il doit y avoir une différence à laquelle se raccrocher. Une variation. Un changement. Mais comment le reconnaître ? Je n'en sais rien. S'il y avait quelque chose de nouveau, je le remarquerais pourtant immédiatement, puisque je connais ma journée tout autant que ces rues.

J'ai cessé d'y croire. Ce n'est peut-être pas à moi d'agir sur le dix-huit novembre. Ce n'est peut-être pas à moi d'assembler le puzzle, de tourner la poignée de la porte, de faire un geste. Je ne crois plus à l'utilité de déplacer des objets ou d'entrer par effraction dans le cours de la journée.

Je crois en revanche qu'il faut rester aux aguets. S'il y a du nouveau, je le verrai bien. L'année présente déjà de minuscules failles. Un changement finira bien par se produire dans ces rues familières ; je percevrai une différence, une variation dans les répétitions. Ça, j'y crois.

Mais une différence, qu'est-ce que c'est ? Un bruit ? Une odeur ? Elle se présente comment, elle est de quelle couleur ? Verte ou bleue ? Elle est grande ou petite, ma différence ? Elle se manifeste de quelle manière ? Sous la forme d'un geste, d'un événement ? Va-t-il soudain se produire quelque chose de remarquable, d'inattendu ? Ou quelque chose d'à peine décelable ? À moins qu'il ne se passe rien, que la différence se traduise par un vide. Ou par une disparition.

J'imagine un dix-huit novembre nouveau, mais je ne sais pas comment le distinguer de l'ancien. J'imagine une météo différente. Fera-t-il plus chaud ? Ou plus froid ? Y aura-t-il soudain une averse ? J'imagine une rupture. Un changement. Mais comment se produira-t-il ? Surgira-t-il quand je m'y attendrai le moins ? Ou dois-je au contraire rester attentive, concentrée ? Faut-il se fier à l'écoute, à l'odorat, au toucher ? Ou naviguer à vue ? Je l'ignore. Je guette les détails. J'observe, je me tiens prête.

Je suis à l'affût, je me prépare, j'attends le moment voulu. D'ici là : patience, patience, patience.

356

Comment être patient quand on ignore ce qu'on attend ? Comment distinguer une différence parmi la multitude d'objets que je vois dans la journée ?

Où que j'aille, tout est pareil. Les mêmes magasins avec les mêmes clients. La même poubelle débordant de détritus à l'entrée du jardin jouxtant la rue Renart, où trois emballages de burgers et une boîte de pizza aux lettres rouges gisent sous un banc. Les mêmes fromages dans la vitrine de la crémerie, où deux étiquettes se sont retournées tels des danseurs faisant une pirouette. La même porte verte avec son graffiti d'un étrange bleu clair, où une femme, scrutant la rue, a déjà un pied dans l'ouverture, tandis qu'une autre, lourdement chargée, voudrait qu'on lui libère le passage : elle lève la main, mais son geste reste au stade de l'esquisse sous le poids de ses sacs.

Les manteaux et les chaussures des passants. Un homme traverse la rue, quelqu'un sort son téléphone. Des portes s'ouvrent, des lumières s'éteignent. Une femme fait tomber sa monnaie, les pièces dansent autour d'elle avant de s'immobiliser et elle les ramasse une par une. Je l'observe sur le trottoir d'en face, elle était là hier, elle est encore là aujourd'hui. S'il y a un changement, où est-il ? Dans son sourire, dans le nombre de pièces qui se répandent sur le sol ? Y en a-t-il sept au lieu de cinq ? Comment m'en rendre compte ? Les réverbères s'allument-ils soudain à un autre moment ? Cinq minutes plus tôt, ou deux minutes plus tard ? Comment en être certaine ?

Pour savoir quand la lumière change, je dois connaître le paysage. Je me promène dans les rues, je suis à l'affût, j'enregistre tout ce qui se passe et l'emmagasine dans ma mémoire.

361

Je me sens chez moi dans le dédale des rues. Je les connais toutes, j'ai tant de fois levé les yeux vers les fenêtres des immeubles, je les ai tant de fois baissés vers le trottoir, j'ai lu mon journal dans les cafés, j'ai regardé les gens entrer et sortir ; ce sont les mêmes clients, le même journal. Je suis passée devant la vitrine de Maurel Numismatique, j'ai vu Marie poser un chevalet sur le trottoir à l'heure de l'ouverture, j'ai deviné la silhouette de Philip éteignant la lumière et tournant la clé à l'heure de la fermeture. Je l'ai suivi jusqu'au café où il a rendez-vous avec Marie à huit heures et quart. Je les observe à distance. Je ne veux pas les déranger. Je ne veux pas perturber leur journée.

J'ai entendu des ambulances, des voitures, un timbre de bicyclette faisant sursauter deux piétons. J'ai parcouru les allées gravillonnées du petit jardin jouxtant la rue Renart, j'ai longé les trottoirs mouillés par la pluie matinale, je me suis promenée dans les rues sèches de l'après-midi. J'ai écouté le vacarme des conteneurs de verre que l'on vide, le vrombissement des fourgonnettes de livraison faisant marche arrière dans les rues étroites. J'ai regardé un camion s'arrêter pour décharger des fauteuils de bureau : deux hommes les ont traînés jusqu'à un immeuble, ils prenaient deux fauteuils à la fois, parfois trois, c'étaient des fauteuils à roulettes, ils étaient noirs et recouverts de plastique. Il y en avait quarante-sept en tout, je les ai comptés.

362

C'est un monde que je connais. Je me tiens prête. Prête à bondir, à m'accrocher à un brusque changement. Ou à plonger, me dis-je. Pourquoi bondir ? Peut-être ferais-je mieux de retenir mon souffle.

Je tergiverse. Assise dans la chambre 16, je me demande s'il faut bondir ou plonger. Tantôt je traverse la journée à pas de loup, prête à bondir ; tantôt je respire à fond et m'apprête à plonger.

365

Je me suis réveillée avant le lever du jour. Les rues étaient encore mouillées quand je suis sortie dans l'aube grise. Il était un peu plus de cinq heures et la pluie venait seulement de s'arrêter.

Dès mon réveil je suis en état d'alerte. Mon attention est activée, ma conscience est surchargée, mon système nerveux bourdonne. Je ne touche pas encore au but ; pas tout à fait, je le sais. Tout ressemble à la journée que je connais déjà, mais je ne peux m'empêcher de guetter un soudain changement.

Si le temps avançait, nous serions le dix-sept novembre. Demain nous serons à nouveau le dix-huit, car une année se sera écoulée. Mais est-ce vraiment le cas ? Ne me suis-je pas trompée dans mes calculs ? J'ai bien vérifié : non, ce n'est pas une année bissextile. J'ai sorti le cahier de mon sac. J'ai compté le nombre de traits, le nombre de jours, et le résultat est le même : c'est le dernier jour de mon année. Demain, nous serons le dix-huit novembre.

Je suis prête. Je guette les signes d'un changement de jour, mais je ne vois que des répétitions. Il faut attendre demain. Je suis pourtant à l'affût. Tendue et à l'affût. Prête à bondir. À m'accrocher à un changement, à une différence, à une variation. Je suis assise dans la chambre 16. Peut-être me réveillerai-je devant quelque chose de nouveau. Si je parviens à dormir.

366

J'ai rêvé que je nageais. Au réveil, je me suis dit que tout allait bien se passer. Je me contenterais de nager, de flotter dans ma journée. Ou de planer, ai-je pensé en voyant la tranche de pain s'envoler. Un bref moment de suspension avant la chute.

J'ai pris mon petit déjeuner. En planant. En nageant. Je me suis servie au buffet et je suis retournée m'asseoir. J'ai respiré à fond, j'ai baissé les épaules. J'étais entourée d'eau, je me sentais légère, je flottais sans difficulté. Ou alors c'était de l'air, et j'entrais dans ma journée par un vol plané, telle une fine tranche de pain.

Quoi qu'il arrive, je m'en apercevrais en temps voulu, ai-je pensé. En attendant, il fallait continuer à planer, à battre l'eau des pieds. Je suis sortie rejoindre ma journée. C'était toujours la même, mais elle ne m'a pas semblé hostile. Elle regorgeait de possibilités, elle était ouverte, saturée de détails, lourde de trajectoires pouvant changer de direction à tout instant.

J'avais une journée à faire passer, et je me suis contentée de la laisser filer. Je n'avais pas de plan, seulement une ébauche que je pourrais suivre en flottant doucement. Je n'avais pas de but, pas de proie à attraper. Je n'étais pas un rapace tournoyant dans le ciel. Ni un requin, ni un félin prêt à bondir. Je n'étais pas à l'affût. C'était autre chose. J'étais en voyage. Un voyage de retour, ai-je pensé. Avec un billet sans limite de validité. Pour une destination que j'ignorais. Je voyageais à travers les détails de la rue, dans un univers rempli de petits événements, parmi une multitude d'objets et de sensations qui se superposaient dans ma conscience.

Tant d'objets, de couleurs. Tant d'enseignes, de boutiques, de gens. Tant d'articles à vendre, tant de portes et de poignées, tant de chaussures arpentant l'asphalte. Tant de manteaux, de coiffures, de boutons de veste, de vêtements à surpiqûres et de souliers à trépointe. Tant de bordures de trottoirs, tant d'ornements, un tourbillon d'images et de détails, tout ce que j'avais glané dans les rues du dix-huit novembre. Les couches se superposaient, se tassaient dans ma conscience, mais j'y évoluais avec légèreté. Il était étrange de flotter avec tant d'aisance dans un monde aussi compact.

Parmi tous ces détails, une différence allait surgir, ai-je pensé. Un rien auquel s'accrocher. Si un nouveau dix-huit novembre était enfoui sous ma journée, il finirait par sourdre à travers les brèches. Je percevrais un changement, je m'approcherais, je m'y agripperais, je monterais à bord et me laisserais emporter.

J'ai fait le tour des lieux que je connaissais. Des lieux où je m'étais promenée lors de mon premier dix-huit novembre. Des lieux que je n'avais cessé d'arpenter. Je suis passée devant les librairies où j'avais trouvé l'*Histoire des eaux potables* et *The Heavenly Bodies*, mais sans y entrer. J'ai continué jusqu'à la boutique de Philip ; Marie était à l'intérieur, comme d'habitude, je l'ai aperçue à travers la vitrine avant de poursuivre mon chemin. Je marchais avec légèreté dans ce dix-huit novembre semblable aux autres, mais je me tenais prête. La journée allait s'ouvrir, j'allais me faire éjecter à travers les écluses qui m'avaient aspirée.

Par les mêmes courants. Maritimes ou atmosphériques. Je nageais, je planais. J'attendais.

Et soudain on m'a hélée. On a bel et bien crié mon nom : Tara. On l'a répété. En criant plus fort.

Je me suis retournée. C'était Philip. Il se dirigeait droit vers moi. En souriant.

Il était content de me voir. Il ignorait que j'étais à Paris. Est-ce que Thomas était venu avec moi ? Aurais-je le temps de l'accompagner jusqu'à la boutique ? En principe, il avait quelques courses à faire, mais cela pouvait attendre. Il me présenterait quelqu'un. Sa nouvelle compagne, Marie. Cela faisait si longtemps qu'on ne s'était pas vus. Marie et lui avaient l'intention de venir à Clairon-sous-Bois, ils en avaient parlé il y a quelques jours, mais ils avaient eu tant de choses à faire. Thomas allait bien ? Marchant à côté de Philip, j'étais perturbée, je n'avais pas envisagé la possibilité de tomber sur lui. Cette rencontre ne figurait pas dans les scénarios que j'avais élaborés, je n'avais pas pensé à me renseigner sur ce qu'il avait fait avant ma visite à sa boutique. Pourquoi en aurais-je eu l'idée ?

Il rentrait d'un rendez-vous à sa banque, m'a-t-il appris. Marie et lui voulaient acheter l'appartement du troisième étage. Une vieille dame y avait vécu, elle était morte quelques mois plus tôt et ses héritiers souhaitaient vendre. L'appartement n'était pas en très bon état. Ou plutôt, il était encombré d'objets.

L'ancienne propriétaire avait collectionné toutes sortes de choses. De façon compulsive.

Arrivés devant la boutique, nous sommes descendus jusqu'à l'entrée. À l'intérieur, Marie était en train de disposer des pièces de monnaie sur un présentoir.

Philip lui a annoncé deux bonnes nouvelles : premièrement, j'étais à Paris ; deuxièmement, ils avaient le feu vert de la banque. Nous avons bavardé de choses et d'autres, de Thomas et de Clairon-sous-Bois. Puis Philip a décidé d'aller acheter une bouteille de vin. *Des bulles*, a dit Marie en rangeant son présentoir dans une des vitrines de la pièce adjacente. Nous avions quelque chose à fêter.

Philip est revenu avec une bouteille de champagne qu'il a mise au réfrigérateur. Pendant que Marie et moi traversions l'arrière-boutique pour gagner l'escalier, il a fermé la boutique et retourné la pancarte de la porte. La cage d'escalier était plongée dans le noir. Philip nous a rejointes avec le manteau de Marie, j'ai fini par trouver l'interrupteur et nous sommes montés au troisième étage, où Philip a ouvert une lourde porte marron. Les héritiers lui avaient confié la clé, car ils voulaient conclure l'affaire au plus vite. L'appartement était mal entretenu et il fallait le vider avant d'y faire des travaux : cela les arrangerait bien que Philip et Marie le reprennent en l'état.

Partout il y avait des cartons et des objets : des piles de journaux, des monceaux de vêtements, des rayonnages croulant sous les livres et les revues. Dans la plus grande pièce, qui avait dû être un salon, les journaux atteignaient presque le plafond, ne laissant qu'un étroit passage sinueux. Nous l'avons emprunté pour gagner la pièce suivante, dont les cloisons disparaissaient derrière des cartons remplis de vêtements. Tout au fond, il y avait un bac à chat. Le chat n'était plus là. Les chats, plutôt : la dame en avait eu deux.

C'était là qu'ils allaient vivre, Philip et Marie. Il y avait du travail, mais il suffirait de retrousser ses manches. Ils pourraient s'y mettre dès le lendemain, a dit Philip. Dès qu'ils auraient signé.

Je les ai de nouveau suivis en me faufilant entre les objets. Je voulais quitter le dix-huit novembre, mais je ne pouvais que leur emboîter le pas. Je me souviens de ma perplexité : j'avais presque le sentiment d'avoir découvert cette différence que je cherchais. D'avoir perçu un changement. Peut-être avais-je déjà été propulsée vers une nouvelle journée, peut-être allais-je bientôt accéder au dix-neuf novembre, à un univers nouveau. Un univers rempli de piles de journaux et de monceaux de vêtements, avec un bac à chat au bout de chemin.

Nous avons repris le passage sinueux. Une petite pièce quasiment vide jouxtait l'entrée. La vieille dame y avait dormi, entourée de ses chats et de ses objets les plus précieux. Ses héritiers avaient déjà emporté tout ce qu'ils voulaient garder. Ils espéraient que les nouveaux propriétaires se chargeraient du reste. Ça prendrait du temps, a fait remarquer Marie. Ce n'était pas insurmontable, mais il y avait du travail. La vieille dame avait toujours vécu là. Toute une vie contenue dans un logement. Enfermée dans une bulle temporelle. L'appartement n'avait pas été remis à neuf depuis une éternité, la cuisine devait dater d'un siècle, la minuscule salle de bains était tout aussi démodée. Marie et Philip avaient plein de projets, mais il faudrait commencer par tout déblayer.

Nous avons quitté l'appartement. Philip a refermé la porte derrière nous. Une porte de couleur sombre, étonnamment lourde, avec un heurtoir en cuivre patiné par l'âge et noir de crasse – une tête d'oiseau, d'après ce que j'ai cru distinguer. En dessous, une plaque portait un nom illisible, commençant par un G.

Philip a voulu essayer le heurtoir. Frappant avec le bec de l'oiseau – si c'en était bien un –, il a demandé s'il y avait quelqu'un. Marie a souri. *Pas encore*, a-t-elle dit. *Des objets, oui. Mais quelqu'un, pas encore.*

De retour dans la boutique, Marie a ouvert le champagne et en a rempli à ras bord des verres à eau. Puis nous avons trinqué : à leur nouveau logement, à ma visite et à leurs amours. Marie a de nouveau rempli nos verres, et Philip m'a posé des questions sur mon voyage. Qu'étais-je venue faire à Paris, depuis quand étais-je là, combien de temps allais-je rester ? Aurais-je la possibilité de les revoir – dans la soirée, par exemple, ou le lendemain ? Quels étaient mes projets ? Marie nous a annoncé qu'elle devait sortir faire quelques courses. Mais elle serait bientôt de retour.

J'ai hésité. Ma journée avait pris une tournure inattendue. J'avais traversé une année remplie de dix-huit novembre, j'avais déambulé dans les rues en état d'alerte, les sens aiguisés. Je m'étais préparée à sauter dans un autre temps, et voilà que je me retrouvais devant le comptoir de Philip, en train de trinquer avec Marie et lui. Et ils voulaient que je leur parle de mes projets pour le lendemain.

Je n'en avais aucun, ai-je répondu. Plus maintenant. De but en blanc, je leur ai tout raconté : ma journée naufragée, ma visite chez eux lors de mon premier dix-huit novembre, notre repas devant le comptoir un an plus tôt. Si tant est que le nombre de journées écoulées puisse véritablement constituer une année. Je leur ai même précisé que Marie et moi étions allées chercher le radiateur à gaz couvert de poussière. À l'époque, il n'avait pas été question de l'appartement, mais nous avions parlé de plein d'autres choses.

Pour une raison ou une autre, je m'étais attendue à ce qu'on me croie. Et non pas à ce qu'on mette en doute mes paroles. Qui aurait eu l'idée d'inventer une histoire pareille ? J'ai eu tort. Philip n'avait pas envie qu'on vienne le perturber. L'étrangeté le dérangeait. Il imaginait un avenir avec sa nouvelle compagne, il n'avait rien à faire d'un temps à l'arrêt. Il voulait qu'on le laisse tranquille.

En leur racontant ma mésaventure avec le radiateur à gaz, j'ai bien remarqué leur mine inquiète. Mais il y avait aussi autre chose, qui m'a surprise : un balancement entre confiance et incrédulité. Un début de suspicion, un refus de me croire, plutôt qu'une angoisse devant le dérèglement du temps dont je venais de leur parler.

J'ai montré à Philip la cicatrice à peine perceptible de ma brûlure, je l'ai même traîné dans l'arrière-boutique pour lui faire voir le radiateur couvert de poussière. C'est là qu'il s'est décidé : tout cela n'était pas vrai, je devais partir. Mon histoire n'était pas crédible.

J'ai parlé de ma visite à Marie, du sesterce que j'avais acheté et qui avait maintenant repris sa place sur le comptoir. À ce moment-là, l'ambiance a bel et bien changé. Une fois mon récit terminé, Philip a tendu la main vers l'écrin. Jetant un coup d'œil sur Marie, il a glissé le sesterce dans une pochette qu'il m'a tendue. Comme s'il pouvait rétablir l'ordre en feignant de me croire. Ou se tirer d'affaire en me laissant partir avec la pièce de monnaie.

J'ai pris la pochette. Il était clair que nous étions en porte à faux. Nous buvions du champagne, mais nous avions gardé nos manteaux et personne n'a fait mine d'enlever le sien. Nous ne savions que faire, nous n'avions aucune explication, aucune solution. Au bout de quelques instants, je me suis retrouvée devant la porte, ma pochette à la main.

Philip a bredouillé qu'il fallait qu'on se revoie. Le lendemain. Et il m'a dit de garder le sesterce.

Dans la rue j'ai été envahie par un sentiment d'irréalité. Pendant quelques secondes, je me suis dit qu'une autre journée avait surgi, que nous étions le dix-neuf. Ou dans une nouvelle version du dix-huit. Quelque chose n'était pas comme d'habitude. J'ai descendu la rue Almageste avec un vague espoir de changement, mais à mesure que j'avançais, une certitude m'est apparue : la journée était toujours la même.

Je me suis demandé pourquoi Philip ne m'avait pas parlé de l'appartement lors de ma première visite. Était-ce la preuve que j'évoluais désormais dans une version entièrement nouvelle du dix-huit novembre ? J'aurais bien voulu m'en persuader, mais je savais déjà que rien n'avait changé. La météo était toujours la même, et en bas de la rue je voyais une femme attacher son chien à une grille avant de s'engouffrer dans un magasin. En feignant de m'intéresser à une vitrine, j'ai pu l'observer : au bout de quelques minutes elle est ressortie, a défait la laisse du chien et s'en est allée, un sac en plastique turquoise à la main.

L'obscurité tombait déjà et les réverbères se sont allumés comme d'habitude. Je déambulais, mon sac sur l'épaule et ma pochette à la main, et il ne s'est rien passé. Tout me paraissait inchangé, mais manquait de précision. Les rues et les magasins, les cafés et les passants avaient quelque chose de flou. Je marchais d'un pas normal dans un quartier qui ne se distinguait en rien. Je ne planais pas à travers un univers condensé, je ne nageais pas dans une mer pleine de détails, et j'ignorais vers quoi je me dirigeais.

J'avais gâché toute chance de revoir Philip et Marie. Je ne pouvais pas retourner chez eux. Je n'avais pas raté mon projet, car je n'en avais jamais eu. Mais il était impossible de refaire ma soirée. Impossible de m'asseoir au comptoir, de me féliciter de la demande grandissante d'ouvrages illustrés du XVIIIe siècle, de leur raconter la vente de Bordeaux et les trouvailles que j'avais faites. Impossible de parler de l'amour, du pommier devant la fenêtre, des poireaux et des blettes. Nous ne pourrions plus deviser sur la vie de la rue Almageste, sur les troubles politiques de l'automne, sur l'intérêt croissant pour les pièces de monnaie romaines. C'était trop tard. Ma soirée gardait son caractère ouvert, tout pouvait encore arriver. Mais il ne s'est rien passé. J'avais le sentiment qu'on venait de percer mon univers trop rempli, que les détails fuyaient. De mon environnement il ne restait plus que les contours. Des faits banals. Des objets quelconques.

J'ai passé la soirée dans un bistrot où je m'étais déjà attablée deux ou trois fois. Il y avait peu de clients, je me suis assise près de la fenêtre, j'ai commandé un café et j'ai posé devant moi la pochette contenant le sesterce. Mais le local s'est peu à peu rempli, je ne pouvais pas continuer à occuper une table pour quatre, et je me suis installée au fond. Sirotant un verre de vin, j'ai vaguement parcouru un journal que j'avais déjà lu : on y parlait d'événements que je connaissais par cœur. Autour de moi, les clients continuaient à affluer, et les garçons dressaient les tables pour le dîner. J'ai fini par me réfugier dans la rue et me suis promenée un peu avant de rentrer à l'hôtel.

Respirant mieux dans l'air frais, je marchais d'un pas tranquille dans l'obscurité. Le papier de la pochette contenant le sesterce bruissait légèrement et j'entendais mes pas sur le trottoir. On devinait à peine la circulation, tel un fond sonore. Tout me semblait vide, mais ce vide m'apportait un soulagement. C'était une soirée familière, une ébauche sans trop de détails. Ce manque de précision, cette absence d'images et de scénarios avaient quelque chose de rédempteur. Le monde se diluait ; je n'étais plus obligée de rester aux aguets.

De retour à l'hôtel, j'ai posé la pochette sur le bureau de ma chambre. Puis je me suis déshabillée et j'ai glissé le sesterce dans mon lit. En le laissant dans son écrin.

Je suis assise dans mon lit, devant mes papiers. J'ai le sentiment qu'un trou s'est percé dans mon dix-huit novembre. Comme s'il y avait une issue. Une issue différente de celles que j'avais imaginées. J'ignore ce qui va se passer. Il ne me reste plus qu'à attendre ce que la nuit m'apportera.

Le dix-huit novembre se termine. Un an est passé, je suis prête à faire de la place pour le dix-neuf. Je me garde bien de poser des limites à la journée. Je flotte en elle. Je la laisse m'emporter où elle veut. Je suis le courant. Je nage. Je plonge.